MODERN HUMANITIES RESEARCH ASSOCIATION
CRITICAL TEXTS
VOLUME 76

LA DÉCOUVERTE DE L'ÎLE FRIVOLE

BY GABRIEL-FRANÇOIS COYER

La Découverte de l'Île Frivole

By Gabriel-François Coyer

A Bilingual Edition by Jean-Alexandre Perras

Modern Humanities Research Association
Critical Texts 76
2022

Published by

The Modern Humanities Research Association,
Salisbury House
Station Road
Cambridge CB1 2LA
United Kingdom

First published, 2022

ISBN 978-1-78188-887-2

CONTENTS

Présentation   1

1. Gabriel-François Coyer, moraliste et économiste   2
    1. *Les Bagatelles morales*   4
    2. Réseaux philosophiques et économiques   8

2. Présentation du texte   14
    1. Frivolité   16
    2. Histoire du texte   21
    3. Traductions   21
    4. Établissement du texte et principes d'édition   23

La Découverte de l'île Frivole   25

Presentation   55

1. Gabriel-François Coyer, moralist and economist   56
    1. *The Bagatelles morales*   59
    2 Philosophical and economic networks   63

2. About the text   68
    1. Frivolity   70
    2. History of the text   75
    3. Translations   75
    4. Establishment of the text and principles of the edition   77

A Supplement to Lord Anson's Voyage Round the World. Containing a Discovery and Description of the Island of Frivola   79

Bibliography   120

~

Présentation

Insensiblement les proportions se sont établies entre notre constitution et la
nature de l'île, et nous vivons heureux avec un peuple qui a l'imagination
couleur de rose.

Coyer, *La Découverte de l'île Frivole*

Au milieu du XVIIIᵉ siècle, une guerre économique fait rage entre les grandes
puissances maritimes, ces empires coloniaux en construction : les Provinces-
Unies, l'Angleterre, la péninsule ibérique, et la France. L'enjeu est de contrôler
les routes marchandes qui donnent accès aux précieuses ressources d'Amérique,
d'Asie, et d'Afrique, comme le coton, l'or, l'argent, le sucre, les produits
manufacturés de la Chine et du Japon, mais aussi les humains réduits en
esclavage, une main-d'œuvre jugée essentielle pour la rentabilité des exploitations
coloniales. Tous les coups sont permis, et les entreprises visant la destruction des
comptoirs d'exportation des puissances adverses sont encouragées par les États,
comme le pillage et la piraterie.

C'est dans ces circonstances que l'amiral anglais George Anson a fait affréter
une importante flotte, composée de sept navires et d'un équipage de 1400 marins
et soldats, afin d'aller attaquer les positions espagnoles en Amérique du Sud et
portugaises en Chine. Le voyage autour du globe de l'amiral et de son escadre,
commençant en septembre 1740 et se terminant en juin 1744, est un désastre
humain : seuls 188 marins en reviennent vivants, sur un unique vaisseau ; mais
les importantes prises de la piraterie et du pillage ont valu à l'amiral d'être couvert
de lauriers et de jouir des applaudissements populaires. Ses aventures autour du
monde, ponctuées de tempêtes, de maladies, d'héroïsme, et d'élans patriotiques
ont été rapidement publiées et traduites dans toute l'Europe, et rencontrent
partout un public friand de ces sortes de récits.

Ces relations ont cependant omis de raconter un épisode particulier des
pérégrinations de l'amiral et de ses matelots : leur découverte de l'île Frivole,
perdue au large des côtes chiliennes, peuplée d'habitants aussi légers que
sémillants, vivant dans une société raffinée à l'excès, avides de modes et
d'élégances sophistiquées, méprisant tout ce qui est utile comme étant du dernier
ennuyeux.

La description de cette île fabuleuse et de ses habitants, publiée en 1750 sous le titre *La Découverte de l'île Frivole*, se présente comme une traduction d'un manuscrit anglais ayant circulé en dépit de l'ordre intimé par l'amiral à son équipage de taire cet épisode de leurs aventures : l'or négligé par des insulaires aux mœurs tout sauf spartiates constituerait une prise facile dans un monde mû par la convoitise et agité par les guerres et les rapines. Ce récit à la fois cynique et enjoué, qui s'inscrit dans la lignée des *Voyages de Gulliver* (1726), donne l'occasion d'un tableau de mœurs plein d'ironie mordante, où ni la France ni l'Angleterre ne sont épargnées, mettant en évidence les vices et les ridicules de chacune.

Son auteur, l'abbé Coyer (1707–1782), est l'un de ces écrivains injustement oubliés dont le XVIIIᵉ siècle abonde : jésuite défroqué, abbé philosophe, membre du cercle de l'économiste Gournay, il est l'auteur d'une trentaine d'ouvrages, dont plusieurs sont jugés frivoles par ses contemporains, mais dont certains ont soulevé la polémique, comme la *Noblesse commerçante*, qui s'attaque à des règles de dérogeance jugées néfastes pour le commerce, ou encore *Chinki, histoire cochinchinoise*, qui démontre par la fiction les inconvénients du vieux système des maîtrises et des jurandes avant leur réforme en 1776 par Turgot. Coyer a été élu aux académies de Stanislas, de Londres et de Rome, mais pas à l'Académie française. Franc-maçon, il a, à soixante-douze ans, scandalisé ses frères par un discours jugé « injurieux » et « indécent » ; dans son testament, il déclare ne rien vouloir léguer à l'Église, qui ne lui a « rien donné ». Coyer n'est cependant pas marginal quant à ses positions politiques et littéraires : si son *Histoire de Jean Sobieski* lui a amené des persécutions de la part des autorités, il a été accueilli à Ferney par Voltaire, qui le considérait comme un « frère ». À de nombreux égards, Coyer, dont l'œuvre est aujourd'hui négligée, mérite de retrouver sa place dans l'histoire des Lumières.

1. Gabriel-François Coyer, moraliste et économiste

La naissance de Gabriel-François Coyer a été enregistrée le 18 novembre 1707 à l'église Saint-Martin à Baume-les-Dames, petite commune de Franche-Comté.[1] Issu d'une famille de marchands-drapiers, Gabriel-François a fait ses études chez les jésuites de Porrentruy, près de la frontière suisse, prononçant ses vœux à l'âge de vingt-quatre ans... pour en être libéré seulement huit ans plus tard : « son amour pour la liberté et pour la paix »[2] l'ayant déterminé à demander sa retraite d'une société qu'il jugeait intolérante. Le voilà devenu « prêtre sans fonction de

---

[1] Sur la biographie de Gabriel-François Coyer, voir Leonard Adams, *Coyer and the Enlightenment*, Studies on Voltaire and the Eighteenth-Century, CXXIII (Oxford : Voltaire Foundation, 1974).

[2] *Essai sur la vie et les ouvrages de M. l'abbé Coyer*, dans *Œuvres complètes*, 7 vols (Paris : Veuve Duchesne, 1782–83), I (1782), ii.

Portrait de Gabriel-François Coyer, *Œuvres complètes de M. l'abbé Coyer, des Académies de Nancy, de Rome et de Londres* (Paris: veuve Duchesne, 1782), I. Bibliothèque municipale de Lyon, Numelyo, 304759 T 01.

prêtrise », augmentant le nombre des petits abbés qui après leur formation montent à Paris pour y trouver fortune.

L'inspecteur de police Joseph d'Hémery, affecté aux acteurs de la librairie parisienne, a produit dans son *Historique des auteurs* une fiche sur Coyer, dont le « signalement » n'est pas très avantageux : « D'une taille ordinaire, d'une physionomie désagréable et allongée. »[3] Le rapport nous apprend en outre que si

---

[3] Joseph d'Hémery, *Historique des auteurs en 1752*, Paris, Bibliothèque nationale de France (BnF), MS nouvelles acquisitions françaises (NAF) 10781, fols 124^r–124^v.

Coyer a de l'esprit, il a « cependant le ton un peu trop pédant. » L'inspecteur d'Hémery nous renseigne sur les premières années parisiennes de Coyer, sans emploi et vivant dans la misère « sur le pavé de Paris », jusqu'à ce qu'il obtienne enfin une place et la sécurité financière (ce qui pour la police signifie en principe que le jeune abbé a moins de chances d'attenter à l'ordre public), en tant que précepteur du fils du duc de Bouillon, futur prince de Turenne.

Celui-ci conservera son amitié pour son précepteur, et lui confiera plus tard ses deux fils lors de leur voyage en Italie. En 1743, Coyer obtient également une charge d'aumônier général de la chevalerie par le comte d'Évreux, et en cette qualité, il assiste à la bataille de Lauffeld et à la prise (le pillage et la destruction) de Berg-op-Zoom en 1747, événements importants de la guerre de succession d'Autriche, après lesquels il demande son congé. Malgré les victoires françaises auxquelles a participé Coyer, la guerre de succession d'Autriche et le traité d'Aix-la-Chapelle (1748) a fait en France, comme d'ailleurs dans toute l'Europe, de nombreux mécontents : la guerre de Sept Ans (1756–1763) est vue comme la conséquence de ces conflits non réglés.

Libéré de ses devoirs militaires, l'abbé Coyer fait paraître ses premières productions littéraires, la plupart du temps anonymes, publiées avec une permission tacite de l'administration chargée de la librairie, comme c'était l'usage à cette époque. Ce sont de courts textes satiriques et enjoués, genre de prédilection de l'auteur, à qui on reprochera plus tard de ne rien savoir faire d'autre. La fin des années 1740 voit paraître plusieurs ouvrages de Coyer : *La Pierre philosophale*, *L'Année merveilleuse*, *La Magie démontrée*, *Le Plaisir pour le peuple*. Cette dernière a été saisie chez l'auteur à la suite d'une plainte du contrôleur général et du prévôt des marchands. En outre, l'inspecteur de police d'Hémery rapporte qu'un ami de l'auteur, l'abbé de la Roche, fervent antijanséniste, lui a fait la confidence que Coyer est l'auteur d'un ouvrage allégorique contre le roi et le Dauphin, qu'il est dans le dessein de faire imprimer à Londres, et que cet ouvrage a pour titre *Les Cinq philippiques*. L'indiscrétion de l'abbé de la Roche est fausse, puisque les *Philippiques*, poème allégorique divisé en cinq odes, sont attribuées à La Grange-Chancel. N'empêche, l'abbé Coyer est dans la lunette de la police de la librairie, et les traits de ses productions satiriques portent parfois trop directement sur les riches et les puissants ; mais le public en est friand, et le jeu en vaut la chandelle.

1. *Les Bagatelles morales*

Le marché de la librairie connaît alors une forte augmentation du nombre de lecteurs et de lectrices, et corollairement, une abondante éclosion de « brochures » et de « feuilles volantes » : il s'agit de courtes pièces de quelques feuillets simplement cousus, et qu'on ne prenait généralement pas la peine de faire relier ; productions éphémères, intervenant sur les sujets à la mode, satires des ridicules du temps présent, contes de fées plus ou moins « philosophiques », éloges en forme de paradoxes, projets de finance, pamphlets pro ou anti, lettres plus ou moins privées sur les affaires du temps, chansons, fond du sac, bagatelles, sornettes, grelots, etc. Ils ont pour titres : *La Bibliothèque des petits maîtres, ou mémoires pour servir à l'histoire du bon ton et de l'extrêmement bonne compagnie*, au Palais Royal, chez la petite Lolo, marchande de galanteries, à la Frivolité, 1762 ; *Le Papillotage, ouvrage comique et moral*, Rotterdam, 1766 ; *L'Inoculation du bon sens*, Londres, 1762 ; *L'Éloge des Français ou l'apologie de la frivolité*, s.l. 1755 ; *La Babiole, conte tiré des fées*, Milan, 1782 ; *Les Colifichets, ouvrage dédié à l'immortalité*, s.l., 1751 ; *Le Grelot, ou les &c, &c, &c. Ouvrage dédié à moi*. Si de nombreux auteurs se plaignent de la « multiplication », du « déluge », de l'« inondation », des brochures, dont le caractère éphémère est préjudiciable à leur valeur littéraire ou philosophique, les mêmes critiques souvent, comme Voltaire, n'hésitent pas à faire usage de leurs avantages quand il s'agit de faire circuler rapidement des textes et des idées.[4]

Au moment où Coyer compose ses premières brochures, l'anglophilie bat son plein, comme le remarque le journaliste de la *Correspondance littéraire* : « C'est la manie en France, depuis quelque temps, de n'estimer que ce qui vient d'Angleterre. De là vient que nos écrivains publient assez souvent leurs propres productions comme des traductions de cette nation célèbre. »[5] Voltaire avait publié, en français et en anglais, ses *Lettres écrites de Londres sur les Anglais*, qui deviendront les *Lettres philosophiques*, dans un parfum de scandale en 1734 ; Fougeret de Montbron publiera son *Préservatif contre l'anglomanie* en 1757, non sans avoir lui-même « quintessencié » des ouvrages de l'anglais, comme *Fanny Hill* de Cleveland (1751). Cependant, de l'Angleterre, les Français ne font pas qu'admirer la tolérance religieuse, le système politique, ou les richesses générées par une « noblesse commerçante » ; ils toisent aussi (et espionnent) leurs voisins comme autant de concurrents dans la guerre commerciale dans laquelle ils sont engagés, anciens ennemis dans la guerre de succession d'Autriche qui deviendront ceux de la guerre de Sept Ans. L'Angleterre est donc à la fois la patrie des philosophes et des « Taciturniens »,[6] et l'œuvre de Coyer se fait le reflet de cette relation complexe et souvent contradictoire.

Celui-ci n'a pas toujours le mérite de l'invention, et plusieurs pièces sont inspirées ou traduites de l'anglais. Ainsi, *La Découverte de la pierre philosophale*,

---

[4] Voir Nicholas Cronk, « Voltaire et la brochure : les enjeux de l'éphémère », dans *Persistance de l'éphémère : évanescence et valeur littéraire au XVIIIᵉ siècle, RHLF*, 3 (2021), 589–98.

[5] Friedrich Melchior Grimm *et al.*, *Correspondance littéraire, philosophique et critique*, éd. Maurice Tourneux, 16 vols (Paris : Garnier frères, 1877–82), I (1877), 408.

[6] Selon une satire de la Dixmetie, *L'Île Taciturne et l'île Enjouée, ou Voyage du génie Alcaciel dans ces deux îles* (Amsterdam : Arkstée et Merkus, 1759), qui reprend le motif de l'Angleterre « flegmatique » et péchant du côté des sociabilités.

qui propose de taxer les vices pour remettre à flot les finances de l'État. Celle-ci est largement inspirée de l'*Infallible Scheme to Pay the Public Debt of Ireland in Six Months*, attribué à Swift, comme il le reconnaît lui-même :

> Trop heureux si j'ai servi ma patrie, je renonce même à la gloire flatteuse de l'invention. C'est le Dr Swift qui inventa ce grand projet, qui le proposa aux Anglais ; mais ils manquèrent de lumières ou d'amour pour le bien public ; le Français a les deux en abondance.[7]

D'autres emprunts sont cependant passés sous silence, comme pour l'*Année merveilleuse*, qui raconte comment, grâce à un alignement particulier des planètes, les hommes seront changés en femmes, et les femmes en hommes, ce qui donne occasion à Coyer de critiquer l'« amollissement » de ses contemporains, motif usité par les contempteurs du luxe et des raffinements qui sont l'apanage des sociétés policées. Le texte est largement inspiré d'une autre satire, l'*Annus Mirabilis, or the Wonderful Effects of the Approaching Conjunction of the Planets Jupiter, Mars and Saturn*, publiée sous le pseudonyme de Martin Scriblerus, qu'employaient Pope, Swift, John Gay, et John Arbuthnot.[8] Dans *L'Année littéraire*, on affirme que de toutes les brochures publiées au cours de cette période, c'est celle qui a eu le plus grand succès :

> Jamais brochure n'a été lue avec tant d'avidité. Les grands et les petits, les gens d'esprit et les sots, Paris et les provinces, lui ont fait le même accueil. Quel écrivain peut se flatter d'obtenir un suffrage aussi universel ![9]

Le succès, en effet, est considérable. Le *Journal de Trévoux* rapporte en mai 1754 que près de vingt mille exemplaires de l'*Année merveilleuse* ont circulé, ce qui pour l'époque est conséquent. C'est à l'enseigne de cette brochure que Coyer publiera sa *Découverte de l'île Frivole* : qu'il s'agisse d'une initiative de l'auteur ou de l'éditeur, il est certain que le texte sert de caution davantage que le nom de Coyer, encore inconnu auprès des lecteurs et des lectrices avides des dernières nouveautés. Le succès de l'*Année merveilleuse* en est aussi un de polémique : très rapidement, paraissent des suppléments et des réponses à la brochure de Coyer, à la fois pour en faire la critique et pour profiter de son succès. En particulier, Jeanne-Marie Leprince de Beaumont, publie un *Arrest solennel de la nature, par lequel le grand événement de l'année 1748 est sursis jusqu'au premier août 1749*, de même qu'une *Lettre en réponse à L'Année merveilleuse*. L'ouvrage donnera également lieu à des imitations : ce sont par exemple *Les Filles femmes et les*

---

[7] *La Découverte de la pierre philosophale*, dans *Bagatelles morales* (Paris : Duchesne, 1754), p. 39.
[8] *Annus Mirabilis: or the Wonderful Effects of the Approaching Conjunction of the Planets Jupiter, Mars and Saturn* (Londres : [s. n.] 1722); *Miscellanies in Verse and Prose* (Londres : [s. n.] 1745).
[9] « Lettres sur quelques écrits de ce temps », Lettre VII, *L'Année littéraire* (10 juillet 1749), p. 135.

femmes filles, ou le monde changé, conte qui n'en est pas un, au Parnasse, en 1751. La brochure est portée au théâtre par Pierre Rousseau, qui a fait représenter aux Italiens, le 18 juillet 1748, une comédie en un acte et en vers avec un divertissement intitulée *L'Année merveilleuse*, dont Lemaire et Pesselier ont également produit une *Cantatille nouvelle pour un dessus, avec accompagnement de violons et flûtes*, en 1749. Une brochure qui emprunte à une autre donne lieu à une multiplication de brochures, de chansons, de comédies ; toutes sont légères et maniables : le tout circule, on en discute dans les cafés, aux boulevards, dans les salons et les « bureaux d'esprit », à la toilette des dames et des messieurs ; et rapidement, le sujet du jour est remplacé par un autre, dans un tourbillon de nouveautés.

Entre 1747 et 1754, Coyer publiera une dizaine de brochures, dont la plupart seront rassemblées en recueil en 1754, sous le titre de *Bagatelles morales*,[10] auxquelles il ajoutera une pièce inédite : *Le Siècle présent*, qui s'inscrit dans une polémique du milieu du siècle autour du parallèle entre le siècle de Louis XIV et le siècle de Louis XV. L'ensemble forme une mosaïque colorée au style allègre, ironique et cinglant, qui dépeint les mœurs du siècle pour en montrer les ridicules. Les Grands, le clergé, les riches, ne sont pas épargnés ; au contraire, Coyer souligne les injustices et la violence des puissants à l'égard des pauvres, comme dans le *Plaisir pour le peuple*, qui avait déjà subi l'épreuve de la censure, où le prestidigitateur chinois Foki donne en spectacle des « combats d'ombres », qui représentent deux armées aux prises, l'une couverte de bure, l'autre de velours, l'une courbée vers le sol à la recherche de pain, l'autre se reposant sur des magasins tout remplis : combat à armes inégales dont l'issue est aussi prévisible qu'injuste. L'*Astrologue du jour*, qui n'a pas été sélectionné pour faire partie des *Bagatelles morales*, exploite aussi l'idée du renversement entre les sexes que développait l'*Année merveilleuse*, mais appliquée cette fois aux disparités de condition de la société d'Ancien Régime :

> La Nature voulant venger la moitié de ses créatures de cette inégalité des conditions, si contraire à l'ordre qu'elle avait prescrit, lors de l'établissement de la manufacture humaine, a enfin résolu d'opérer une révolution générale dans tous les états actuels des hommes.[11]

L'année suivant la publication des *Bagatelles morales*, Coyer a fait paraître un second recueil, intitulé *Dissertations pour être lues*.[12] Moins satirique (sauf peut-être pour le titre), celui-ci ne cherche pas tant à corriger les mœurs par

---

[10] Sur les *Bagatelles morales*, voir Christian Cheminade, « Une prédication républicaine au milieu du siècle : Les *Bagatelles morales* de l'abbé Coyer », *Dix-huitième siècle*, 27 (1995), 365–80.

[11] [Coyer], *L'Astrologue du jour* ([s. l., s. n., s. d.]), p. 2.

[12] [Coyer], *Dissertations pour être lues* (La Haye : Pierre Gosse junior [probablement Paris, Duchesne], 1755).

l'exposition enjouée des ridicules qu'à instruire et édifier, quoique chez Coyer comme pour ses contemporains, plaire et instruire sont ensemble la condition essentielle d'un ouvrage de qualité ; cet impératif, qui remonte à Horace (*Utile dulci*)[13] sert de prétexte à Coyer pour justifier son style facile, qui lui sera reproché tout au long de sa carrière :

> On donne tous les jours au public des dissertations très savantes que personne ne lit. J'ai cru qu'en dépensant moins en science on gagnerait des lecteurs. Ce but me paraît louable : car pourquoi écrire, si ce n'est pour instruire ? Et comment instruire si on n'est pas lu ? [...] L'érudition, les recherches épineuses nous fatiguent, et nous aimons mieux courir légèrement sur des surfaces, que de nous enfoncer pesamment dans des profondeurs. [...] C'est une route aisée que j'ai voulu suivre, en préférant toujours l'uni à l'escarpé, la plaine aux montagnes.[14]

Ce nouveau recueil rassemble deux dissertations, l'une *Sur le vieux mot de patrie* (qui a été longuement citée par Jaucourt dans l'article « Patrie », écrit pour l'*Encyclopédie*) et la seconde *Sur la nature du peuple*. Elles avaient été annoncées dans l'avertissement du recueil des *Bagatelles morales* accompagnées d'un « procédé sûr pour faire un citoyen d'un courtisan », et d'une « machine pour engrener [inciter] les vertus avec le gouvernement d'un État », mais ces dernières dissertations, probablement fantaisistes, malheureusement nous manquent. « Aurais-je assez fait ? », conclut Coyer à la fin de l'avertissement, pour qui l'impératif utilitariste des productions littéraires s'accompagne toujours d'une remise en question des fins de la littérature et de l'utilité sociale des productions de l'esprit. « Il y a un mois que je balance », écrit-il au début de la *Découverte de la pierre philosophale*, « travaillerais-je à perfectionner les *Pantins*,[15] ou à mettre la France à son aise ? Après avoir bien pesé ces deux grands objets, le dernier m'a paru mériter la préférence. »[16]

2. Réseaux philosophiques et économiques

Fort du succès de ses *Bagatelles morales*, et désireux de gravir les échelons de la réussite symbolique dans le champ des belles-lettres, Coyer se tourne vers des

---

[13] Horace, *Épitre aux Pisons* : « Omne tulit punctum qui miscuit utile dulci, lectorem delectando, pariterque monendo » (celui-là remporte tous les suffrages qui sait mêler l'utile et l'agréable, charmer le lecteur et l'instruire en même temps).

[14] [Coyer], *Dissertations*, pp. 5–8.

[15] « Espèce de petites marionnettes en carton mince et plat, qu'un fil mettait en mouvement, et qui amusa tout Paris, excepté le peuple, durant plusieurs mois ; toute la bonne compagnie avait ses pantins. Sans cette note, la postérité aurait peine à deviner ce qui amusait tant la capitale d'un grand empire ». Note de l'éditeur de Coyer, *Œuvres complètes*, I (1782), p. 22.

[16] Ibid.

sujets plus sérieux, sans toutefois abandonner le ton ironique et badin qui le caractérise :

> Qu'on ne dise plus que nous n'aimons que l'agréable et le frivole ; le sérieux et le solide commencent à prendre sur nous. Le commerce depuis quelque temps occupe de bonnes plumes et quantité de lecteurs. Sans nos disputes de religion, apparemment plus nécessaires, il deviendrait presque la conversation à la mode. J'ai entendu des courtisans même en vanter les avantages.[17]

Il emploie notamment sa plume pour diffuser les idées politico-économiques du réseau de Vincent de Gournay, membre influent de l'administration louis-quinzienne et promoteur d'une libéralisation de l'industrie et du commerce.[18] Pour que ses idées puissent circuler et aboutir à des réformes, celui-ci s'est entouré d'agents parmi les fonctionnaires de l'État, comme Fourbonnais, Butel-Dumont, ou Turgot, et d'écrivains abbés tels que Morellet, Le Blanc, et Coyer. Ce réseau sera très actif et exercera une influence politique considérable, en particulier grâce à la nomination de Turgot comme contrôleur général des finances sous Louis XVI, qui supprimera en 1776 le système médiéval des corporations de métiers (lequel sera réinstallé après la disgrâce du ministre, jusqu'à la Révolution, qui l'abolira pour de bon).

Coyer a contribué à la diffusion des idées du réseau de Gournay en publiant un traité, *La Noblesse commerçante* (1756), suivie du *Développement et défense du système de la Noblesse commerçante* (1757), et une brochure, *Chinki, histoire cochinchinoise, qui peut servir à d'autres pays* (1768). Cette dernière, proche des contes philosophiques voltairiens,[19] raconte les malheurs d'un paysan, accablé d'impôts toujours plus nombreux, qui tente de placer ses nombreux enfants à la ville pour leur offrir un avenir meilleur que le sien ; mais les statuts, règlements, et prescriptions qui régissent les maîtrises empêchent systématiquement cette volonté de se réaliser : et devant se tourner vers le crime, tous et toutes périssent dans les supplices ou finissent dans un honteux libertinage. Coyer se verra attribuer une pension de 2000 livres « à titre de gratification pour ouvrages concernant l'administration »[20] à la suite de la publication de sa brochure, qui sera traduite en italien, en espagnol et en allemand, et connaîtra une suite, *Naru, fils de Chinki* (1776), par un auteur anonyme.

---

[17] Coyer, *La Noblesse commerçante* (Londres et Paris : Duchesne, 1756), p. 5.

[18] Sur le réseau de Gournay, voir Arnault Skornicki, *L'Économiste, la cour et la patrie* (Paris : CNRS Éditions, 2011), et *Le Cercle de Vincent de Gournay, savoirs économiques et pratiques administratives en France au milieu du XVIIIe siècle*, dir. Loïc Charles, Frédéric Lefebvre et Christine Théré (Paris : Centre national d'études démographiques, 2011).

[19] L'une des éditions (Londres : [s. n.] 1768) présentait la brochure comme la « seconde partie de l'Homme aux 40 écus », un conte de Voltaire publié la même année.

[20] Xavier Coyer, « Coyer, Gabriel », dans *Dictionnaire des journalistes*, <https://dictionnaire-journalistes.gazettes18e.fr/journaliste/204-gabriel-coyer> [consulté le 1er mars 2022].

La *Noblesse commerçante*, l'œuvre la plus connue de Coyer, a grandement bénéficié de la vive querelle qu'elle a générée, entraînant la publication d'une multitude de brochures pour ou contre la thèse défendue par l'abbé, en particulier par le Chevalier d'Arc,[21] de même que la prolongation du débat dans les grands périodiques de l'époque. Plutôt que les lois de dérogeance qui empêchent la noblesse française de faire du commerce (sauf en gros), Coyer y défend la noblesse du commerce et des commerçants, en démontrant non seulement l'utilité de ces derniers pour l'État, mais également le poids que constituent les nobles appauvris par leur incapacité à entrer dans des activités lucratives pour eux et pour leur nation. Contre une éthique de l'honneur soutenue par l'antique code militaire de la noblesse d'épée, Coyer prône les vertus du commerce, qui enrichissent les États et les citoyens, et sont d'autant plus adaptées aux réalités contemporaines que les lois de dérogeance pour cause de commerce n'existaient pas en Angleterre, rivale de la France.[22]

L'influence de Gournay sur Coyer, en particulier sur l'écriture de la *Noblesse commerçante*, est évoquée dans une lettre de l'abbé Trublet. Il y écrit à propos de « la thèse de l'abbé Coyer », que son auteur n'est pas lui-même « de l'avis qu'on lui a fait soutenir », et qu'il n'y a vu là qu'un « jeu d'esprit », et une « occasion de faire une brochure ingénieuse ».[23] On disait la même chose de Rousseau et de son premier *Discours sur les sciences et les arts*. La plume de Coyer, alerte même quand elle traite de matières plus sérieuses, répondait bien à la stratégie de Gournay, qui consistait à faire circuler ses idées au-delà des cercles intimes de l'administration, dans les salons éclairés et auprès du lectorat, alors en pleine expansion, constitué de marchands et d'artisans, qui se sont enrichis et scolarisés. Cette apparente conversion de l'abbé Coyer pour les matières sérieuses n'a pas convaincu ses confrères de la République des lettres, qui verront toujours en lui « l'homme aux bagatelles ».[24] Sabatier de Castres, qui faisait alors dans l'antiphilosophique, dira de lui dans ses *Trois Siècles de la littérature* :

> Ses *Bagatelles morales* ont eu d'abord le plus grand succès, mais l'examen a bientôt fait connaître que ce n'étaient que des bagatelles. L'unique manière de M. l'abbé Coyer pour traiter les sujets graves est l'ironie, manière qui perd sous sa plume la plus grande partie de son effet, parce qu'elle est trop continue et trop uniforme. [...] Quoi qu'il en soit, M. l'abbé Coyer a le mérite de la bonne intention ; s'il n'a pas en partage la force et la solidité, il a du moins

---

[21] Philippe-Auguste de Sainte-Foy, Chevalier d'Arc, *La Noblesse militaire ou le patriote français* (Paris : [s. n.] 1756).

[22] Voltaire, dans ses *Lettres philosophiques* (1734), critiquait déjà le mépris des Français pour le commerce (Lettre X).

[23] BnF, NAF 3531, fol. 72, cité par Loïc Charles, « Le cercle de Gournay : usages culturels et pratiques savantes », dans *Le Cercle de Vincent de Gournay*, pp. 67–68.

[24] Antoine Sabatier de Castres, *Les Trois Siècles de la littérature* (Amsterdam et Paris : Gueffier, Dehausi le jeune, 1772), pp. 319–21.

cette légèreté, cet agrément qui le distinguent des moralistes ennuyeux, sans le placer parmi les grands moralistes.[25]

En plus de contribuer à la diffusion des idées économiques du réseau de Gournay, Coyer intervient également pour prendre la défense du « parti philosophique », qui subit de nombreuses attaques à partir de la fin des années 1750. Sa *Lettre au R. P. Berthier sur le matérialisme* (1759),[26] parue anonymement, fait partie de cette démarche. Adressée au directeur du *Journal de Trévoux*, elle intervient dans le scandale provoqué par le livre *De l'esprit* d'Helvétius (1758), violemment attaqué par le journal jésuite. Coyer n'hésite pas à persifler la communauté dont il a été membre, poussant jusqu'au ridicule les attaques des Révérends Pères contre l'hydre du matérialisme, au risque de se faire emporter dans le tourbillon des condamnations : un arrêt du parlement a décrété que la lettre soit lacérée et brûlée dans la cour du Palais, en même temps que le livre d'Helvétius et d'autres ouvrages accusés de défendre l'irréligion.[27]

Coyer a également pris le parti des philosophes dans la querelle qui est née des pièces satiriques de Palissot contre les membres de ce « cercle ».[28] Dans un *Discours sur la satire des philosophes*, il montre que Palissot s'est rendu coupable d'une offense publique en représentant au théâtre des personnes réelles plutôt que des caractères généraux, différence qui permettait de distinguer légalement les libelles et les satires.[29] Le *Discours* de Coyer a fait une excellente impression dans le parti philosophique, et la *Correspondance littéraire* de Grimm en fera un éloge appuyé :

> C'est M. l'abbé Coyer qui s'est déclaré auteur du *Discours sur la satire des philosophes*. Je lui en demande pardon ; mais je ne l'en aurais pas cru capable. Tout ce que cet auteur nous a donné jusqu'à présent avait je ne sais quoi de mesquin et était surtout d'un très mauvais ton. [...] Vous ne trouverez rien de mesquin ni de mauvais goût dans le discours dont nous parlons, et il a réussi comme un ouvrage bien fait et aussi sage dans son ton que dans ses idées.[30]

Cette estime du parti philosophique, au moins partiellement gagnée, s'avérera utile quelques années plus tard à l'occasion du scandale que causa la publication de l'*Histoire de Jean Sobieski* (1761), ce héros national polonais, plusieurs fois

---

[25] de Castres, pp. 319–21.

[26] *Lettre au R. P. Berthier sur le matérialisme* (Genève : [s. n.] 1759). La brochure a été longtemps attribuée à Diderot.

[27] *Arrêt de la cour de parlement portant condamnation de plusieurs livres et autres ouvrages imprimés*, 23 janvier 1759.

[28] Charles Palissot de Montenoy, *Le Cercle ou les Originaux*, Nouveau théâtre de Nancy, 26 novembre 1755 ; *Les Philosophes*, Comédie-Française, 2 mai 1760.

[29] Voir, sur ces distinctions, Olivier Ferret, *La Fureur de nuire, échanges pamphlétaires entre philosophes et antiphilosophes (1750–1770)*, SVEC (Oxford : Voltaire Foundation, 2007).

[30] *Correspondance littéraire*, octobre 1760, IV (1878), p. 302.

victorieux des Turcs, élu roi de Pologne en 1674 sous le nom de Jean III. Le protecteur de Coyer, le prince de Turenne, était lié aux Sobieski par sa mère, Marie-Charlotte Sobieska. L'ouvrage, que Coyer dédia à l'un des fils de Turenne, s'inscrit donc dans le cadre de cette relation de patronage qu'il a entretenue toute sa vie avec cette famille ; il lui ouvrit les portes de l'Académie de Stanislas à Nancy. Cependant, l'œuvre fut interdite, et lui attira de nouveaux ennuis avec les autorités du royaume : le directeur de la librairie et responsable de la censure royale Malesherbes souligna « l'enthousiasme avec lequel l'auteur parle sans cesse de la liberté et du gouvernement républicain » dans cet ouvrage.[31] L'histoire telle que racontée par Coyer met également en lumière les ratés de la politique extérieure louis-quatorzienne dans ses relations avec la Pologne, et souligne plus généralement les effets néfastes de la vision expansionniste et belliqueuse d'un roi qui n'a pas toujours mérité le qualificatif de Grand.

Sous le coup du scandale, l'auteur est contraint de s'exiler. Le « parti philosophique » s'en émeut aussitôt. « J'ai l'âme attristée », écrira Helvétius à Voltaire en 1761, « de toutes les persécutions qui s'élèvent contre les gens de lettres. Vous savez que l'abbé Coyer, auteur de la *Vie de Sobieski*, vient d'être exilé ; que son censeur est à Vincennes. »[32] Cette nouvelle suscite la sollicitude du philosophe depuis son séjour à Ferney près de Genève : il demande de tous côtés des nouvelles de l'emprisonnement puis de l'exil auquel est condamné Coyer : « Ayez la bonté de m'apprendre ce que c'est que la déconvenue de cet abbé Coyer. Je m'y intéresse infiniment, c'est un de nos frères », écrira-t-il au comte d'Argental.[33] Cinq mois plus tard, il affirme que Coyer séjourne chez lui.[34] Cette nouvelle, aussitôt parvenue à Paris, n'a pas manqué d'émouvoir les auteurs de nouvelles à la main, comme ceux des *Mémoires historiques* attribués à Bachaumont, qui ont su en tirer profit :

> L'abbé Coyer, dit-on, ayant très indiscrètement témoigné son désir de rester chez M. de Voltaire, et d'y passer six semaines, celui-ci lui dit avec gaîté : « Vous ne voulez pas ressembler à Dom Quichotte : il prenait les auberges pour des châteaux, et vous prenez les châteaux pour des auberges. »[35]

---

[31] Malesherbes, *Mémoire sur l'Histoire de Sobieski*, BnF, NAF 3346, fol. 120, cité par Cheminade, « Une prédication républicaine au milieu du siècle », p. 366.

[32] Helvétius à Voltaire, mars-avril 1761, D9714, Voltaire, *Correspondence* éd. Th. Besterman, dans *Electronic Enlightenment* (Oxford : Bodleian Libraries), <https://doi.org/10.13051/ ee:doc/voltfrVF1070135a1c> [consulté le 1er mars 2022].

[33] Voltaire à d'Argental, 3 avril 1761, D9719, dans *Electronic Enlightenment*, <https://doi.org/ 10.13051/ee:doc/voltfrVF1070141a1c> [consulté le 1er mars 2022].

[34] À Damilaville, 7 septembre [1761], D9990, dans *Electronic Enlightenment*, <https://doi.org/ 10.13051/ee:doc/voltfrVF1070426a1c> [consulté le 1er mars 2022].

[35] Louis Petit de Bachaumont, *Mémoires historiques, littéraires et critiques de Bachaumont, depuis l'année 1762 jusques 1788*, 2 vols (Paris : Léopold Collin, 1808) I, 245.

Coyer s'est également intéressé aux questions d'éducation, dont il s'est occupé toute sa vie en tant que précepteur et moraliste. Ses essais *De la prédication* (1766) et surtout son *Plan d'éducation publique*, publié l'année suivante, témoignent de cet intérêt, et de la sensibilité profondément républicaine de Coyer : le premier présente une vision pessimiste de l'efficacité de la rhétorique religieuse sur la réforme des mœurs, tandis que le second cherche à former la raison et la vertu des citoyens par une éducation *publique*.

Entre 1763 et 1777, Coyer a entrepris, malgré son âge avancé, une série de voyages. En 1763, il accompagne les deux fils de son ancien pupille le duc de Bouillon lors de leur grand tour en Italie pour parfaire leur éducation humaniste. En 1765, il est en Angleterre, où il devient membre de la Royal Society. Voltaire profitera du séjour de l'abbé outre-Manche pour lui attribuer la paternité de sa *Lettre au docteur Pansophe*, une satire contre Rousseau. En 1769, Coyer séjourne en Hollande. Plusieurs ouvrages naîtront de ces pérégrinations : Un *Voyage d'Italie et de Hollande* (1775), puis un *Commentaire sur le code criminel d'Angleterre* (1776), et de *Nouvelles Observations sur l'Angleterre* (1779). Le premier s'ouvre sur une observation cynique sur l'intérêt de publier, après tant d'autres, ce genre d'ouvrages :

> Après tant de voyages d'Italie anciennement ou nouvellement publiés, encore un voyage d'Italie ! Quoi de plus fastidieux ! Cela se pourrait. Mais en réfléchissant qu'après tant d'éléments de géographie, d'arithmétique, de physique, de mathématique, et tant de dictionnaires portatifs dans le même genre, la presse en enfante chaque jour de nouveaux, on a pensé que les voyageurs partageaient le privilège de traiter des matières déjà traitées. D'ailleurs, ne sait-on pas qu'ils ont la plus vive démangeaison de raconter ?[36]

L'abbé de Voisenon, dans ses cinglantes *Anecdotes littéraires*, dira de lui :

> Il a commencé par donner des frivolités, telles que *L'Année merveilleuse, Le Voyage d'Anson dans l'île Frivole* : cela lui a valu de l'argent. Il a composé *La Noblesse commerçante* ; cela lui a fait quelque réputation. Il a donné *L'Histoire de Sobieski* ; cela lui a valu la Bastille. Ensuite, il a voyagé, et est revenu, et ferait bien de repartir.[37]

Coyer meurt en 1783 des suites d'un rhume négligé, dans l'appartement qu'il occupait dans l'hôtel de Bouillon. L'inventaire de ses biens témoigne d'une certaine aisance matérielle.[38] Les auteurs des *Mémoires historiques*, qui n'aimaient manifestement pas Coyer, écrivirent une courte oraison funèbre de l'auteur : « Cet ex-jésuite avait une réputation éphémère, comme ses ouvrages. On ne saurait exprimer la sensation extrême, le brouhaha excessif que fit partout son *Année*

---

[36] Coyer, *Voyages d'Italie et de Hollande*, 2 vols (Paris : Duchesne, 1775), I, 3.

[37] Fusée de Voisenon, *Anecdotes littéraire*, dans *Œuvres complètes de Voisenon*, 5 vols (Paris : Moutard, 1781), IV, 9.

[38] Xavier Coyer, 'Coyer, Gabriel'.

merveilleuse, qui n'était pourtant qu'une traduction de l'anglais. » C'est ainsi que, en quelques lignes, la carrière de l'abbé Coyer se trouve réduite à une seule brochure, et encore, son auteur s'en voit refuser l'honneur de l'invention. Éphémère comme ses premières brochures, qui ont généré momentanément une courte effervescence et puis plus rien, la carrière littéraire de Coyer semble condamnée à l'oubli à cause de ses premières productions, dont la « frivolité » n'aura fait que dévaluer a priori l'ensemble des écrits à venir. Cette « frivolité » est cependant d'autant plus représentative de son époque qu'elle en est, pour de nombreux de contemporains, la manifestation même.

2. Présentation du texte

La *Découverte de l'île Frivole* s'inscrit dans plusieurs courants littéraires à succès du milieu du XVIIIᵉ siècle, et en premier lieu la littérature de voyage et de découverte des grands navigateurs, qui cultive les valeurs et les fantasmes des empires coloniaux naissants, comme le *Voyage Round the World* de George Anson.[39] Les relations d'aventures vers le Nouveau Monde, en particulier, reprennent les codes du récit utopique auxquels s'ajoutent les caractéristiques du mythe du « bon sauvage ».[40] Parallèlement aux textes satiriques anglais de Pope et de Swift notamment, le genre hybride qui deviendra le « conte philosophique », dont Voltaire esquisse au même moment les contours en s'appuyant sur le succès du conte oriental, a nourri l'imaginaire de Coyer : *Memnon,* qui deviendra *Zadig ou la destinée,* est publié en 1747, trois ans avant *L'île Frivole,* et a connu le plus vif succès. Les multiples parallèles entre la France et l'Angleterre ont aussi nourri ce récit qui se joue à la fois des préjugés anglais et de ceux que le lectorat français cultive à leur égard. Le texte reprend le dispositif des *Lettres persanes,* mais le complexifie : l'île visitée n'est pas la France, mais tout comme ; il y règne quelque chose d'étrangement familier dans la légèreté de ses habitants, qui parlent tous français.

Cette « découverte » n'en est pas tout à fait une en effet, puisque des Français vivent déjà en très bonne entente avec les habitants de l'île. Ils y occupent des fonctions administratives prestigieuses, comme ce « Ministre des Modes » petit-maître et courtisan persifleur, avec lequel l'amiral est forcé de transiger malgré l'antipathie naturelle qu'il lui porte. L'île Frivole est ainsi une colonie française

---

[39] *A Voyage Round the World in 1740-4 by George Anson Esq., Commander-in-Chief of a squadron of His Majesty's Ships sent upon an expedition to the South Seas compiled from his papers and materials by Richard Walter, MA, chaplain of His Majesty's Ship The Centurion, in that expedition* (Londres : John et Paul Knapton, 1748).

[40] Sur *L'île Frivole* de Coyer, voir Leonard Adams, « Anson in Frivola : an exercise in social criticism : Coyer's *Découverte de l'île Frivole* (1751) », Studies on Voltaire and the Eighteenth Century, CXCI (Oxford : Voltaire Foundation, 1980), 851–58.

sans lien avec la métropole, une sorte de microcosme expérimental où une poignée de Parisiens exilés s'efforcent de recréer les conditions luxueuses de leur existence à mille lieues de la capitale, sortes de Robinson Crusoé au raffinement exacerbé.

Le parallèle avec le célèbre rescapé Alexandre Selkirk, dont les quatre années passées seul sur l'île de Juan Fernandez ont été mises en récit par Defoe en 1719, est d'autant moins fortuit que l'épisode imaginé par Coyer se situe autour du moment où la flotte de l'amiral Anson tente de se regrouper dans l'archipel au large des côtes du Chili. En plus de donner à son récit une certaine vraisemblance géographique, cette évocation permet d'établir un rapprochement avec le fameux roman d'aventures, ce qui engage à réévaluer la nature du nécessaire et du superflu, et à repenser la question du luxe, à un moment où ses effets sur les mœurs et la richesse des nations est en débat. De combien de luxe les néo-Frivolites que sont les Français débarqués sur l'île Frivole ont-ils besoin, dont le naufragé écossais se passait tout à fait ?

Mais ni les Anglais ni les Français n'arrivent sur une île déserte : celle-ci est au contraire peuplée d'hommes et de femmes dont le caractère a été forgé par les particularités géographiques et climatiques de leur habitat. Les naufragés (ou peu s'en faut) peuvent également être comparés à Gulliver, dont la description des mœurs des différents peuples qu'il rencontre au hasard de ses voyages donne lieu à une satire piquante de l'Angleterre du début du XVIIIe siècle. Ainsi en est-il de *L'île Frivole*, dont les pointes portent principalement sur la nation française, comme le suggère d'emblée la critique contemporaine. Les *Mémoires de Trévoux*, par exemple, soulignent cet aspect : « Les Frivolites sont nos compatriotes, des Français et des habitants de Paris ; ils sont pris dans toutes leurs attitudes de caprice, de fantaisie, de fatuité. »[41] Cependant, il serait réducteur de croire que la critique de Coyer se limite à ses seuls compatriotes.

Pour se jouer des codes de vraisemblance propres au récit de voyage, Coyer a donc non seulement parasité une publication existante, le *Voyage* de l'amiral Anson, dont la vogue lui aura permis de faire connaître sa brochure, il a également repris des codes et des éléments appartenant à de nombreux types de récits différents, en une digestion fructueuse de la tradition littéraire de son époque. Mais *La Découverte de l'île Frivole* est également à l'origine d'une mode littéraire non moins importante, portant sur la catégorie morale et culturelle de la *frivolité*.

---

[41] *Mémoires pour l'histoire des sciences et des beaux-arts*, mai 1754, II, 1202. Ce périodique a été plus tard connu sous le nom de *Journal de Trévoux* ou *Mémoires de Trévoux*.

1. Frivolité

Dans les années 1750, la « frivolité » devient en effet l'objet d'une importante littérature composée de romans, de ballets, de comédies, de chansons, d'entrées de dictionnaires, de satires ou de discours académiques.[42] Le substantif, qui se rapporte à ce qui est inutile et vain, futile et sans valeur,[43] est un ajout récent dans la langue française : il figure dans le *Dictionnaire néologique à l'usage des beaux-esprits de ce temps* de Guyot Desfontaines, en 1728, qui se demande si le terme prendra dans l'usage : « On m'a fait remarquer dans le livre des *Essais* [de Trublet] deux termes nouveaux. *Frivolité* et ouvrage *brillanté*. Je ne puis dire si ces deux mots feront fortune. »[44] Près de quarante ans plus tard, l'auteur de l'article « Frivolité » du *Dictionnaire de Trévoux* remarquait, en répondant à Desfontaines : « Aujourd'hui ce mot est suffisamment autorisé par l'usage. Nous ne pouvions manquer d'adopter un mot qui exprime le caractère de la moitié de notre nation. »[45]

Dès son entrée dans l'usage, la frivolité a été associée à la fois au génie national français et au caractère féminin. L'adoption du substantif dans la langue française précède sensiblement les usages anglais du terme, dont la première occurrence a été identifiée chez Edmund Burke, dans ses *Letters on a Regicide Peace* (1796), où *frivolity* est employé à propos du caractère national français, parallèlement à son *effeminacy*.[46] L'association entre la frivolité et les caractéristiques attribuées au

---

[42] Entre autres exemples : Boudier de Villemert, *L'Apologie de la frivolité, lettre à un Anglais* (Paris : Prault père, 1750); *Le Ballet de la frivolité, qui a été dansé au collège de Louis le Grand, et ayant servi d'intermède à la tragédie de Catilina* ([s. l. : s. n.] 1753); Louis Lambert, *L'Éloge des Français, ou l'apologie de la frivolité* ([s. l. : s. n.] 1755); Jean-François de Saint-Lambert, « Frivolité », dans l'*Encyclopédie, ou dictionnaire raisonné des sciences, des arts et des métiers*, 35 vols (Paris : Briasson, David, Le Breton, Durand, 1751–80), VII (1757) 311; Pierre Nicoleau, *Discours académique sur ce sujet, la frivolité nuit également aux mœurs et aux lettres* (Angers : Barrière, 1770); Charles Compan, *Le Palais de la frivolité* (Amsterdam et Paris : Mérigot le jeune, 1773); *Lettre d'un jeune homme à son ami sur les Français et les Anglais, relativement à la frivolité reprochée aux uns, et à la philosophie attribuée aux autres* ([s. l. : s. n.] 1779).

[43] Furetière, *Dictionnaire universel*, 3 vols (La Haye, Leers, 1690) : « Frivole. adj. m. et f. Ce qui n'est d'aucune valeur, qui n'a rien de solide qui mérite qu'on le considère. On n'objecte contre l'immortalité de l'âme que des arguments frivoles. Cet auteur n'a écrit que sur des matières frivoles. »

[44] Guyot Desfontaines, *Dictionnaire néologique à l'usage des beaux esprits du siècle. Avec l'Éloge historique de Pantalon-Phoebus. Par un avocat de province*, 3ᵉ éd. (Amsterdam : [s. n.] 1728), p. 80 ; et du même auteur, « Lettre sixième », dans les *Observations sur les écrits modernes*, 1 (1735), 132–33.

[45] *Dictionnaire universel*, dit « de Trévoux » (Paris: Compagnie des libraires associés, 1771).

[46] Edmund Burke, *Two letters [...] on the Proposals of Peace with the Regicide Directory of France* (Londres : Rivington, 1796), p. 10. En italien, on peut trouver des occurrences de *frivolezza* (tendance à agir, penser, parler avec superficialité, légèreté, inconstance et volubilité) déjà au milieu du XVIIIᵉ siècle; *frivolità* (chose de peu d'importance, qui manque de sérieux) est moins fréquent. En espagnol, l'usage du substantif *frivolidad* est assez rare. En l'allemand

genre féminin sont nombreuses, qu'il s'agisse d'un caractère naturel ou d'un trait imposé par l'éducation (ou son absence) et les usages de la société. Boudier de Villemert, montre dans l'*Ami des femmes* (1758), d'inspiration rousseauiste, que celles-ci sont à la fois les victimes et les responsables de l'esprit de frivolité qui règne dans le siècle : « Les femmes jetées par nous [les hommes] dans une dissipation continuelle pour laquelle elles ne sont point faites, ont contracté un goût de frivolité et en ont donné le ton : elles ont tellement asservi les hommes à leurs caprices qu'ils se trouvent confondus avec elles sous les mêmes travers. »[47] L'esprit de galanterie, les dissipations, les amusements, l'oisiveté, augmentent réciproquement les défauts des deux sexes, jusqu'à confondre les genres. Frivolité est synonyme de mollesse dans les traités de morale, qui montrent aussi bien que ces vices naissent d'un amour immodéré pour le faste, le luxe, et l'ostentation des richesses, qu'ils en sont la cause. Lorsqu'ils sont déployés dans le cadre d'une apologétique de la vertu chrétienne, les réseaux conceptuels de la frivolité sont liés aux discours sur la vanité, qui opposent à l'éphémère mondain la solidité éternelle des vérités célestes.

Par-delà le discours moral, la frivolité est également devenue l'objet de débats portant sur la valeur d'une catégorie qui désigne ce qui est dépourvu de toute valeur. Ce caractère paradoxal des discussions sur la frivolité est particulièrement manifeste dans leur forme même : privilégiant souvent le genre apologétique, à un moment où les éloges paradoxaux sont de nouveau en vogue, des brochures sur la frivolité font leur apparition dans le paysage éditorial français dès 1750. Boudier de Villemert, avant de publier son *Ami des femmes*, avait fait paraître anonymement une *Apologie de la frivolité, lettre à un Anglais*, dans laquelle il demandait à son interlocuteur s'il est juste d'accuser la France de frivolité, non tant parce que ce serait injuste, mais plutôt parce que cela constitue un éloge plutôt qu'une accusation :

> Vous prétendez donc, Monsieur, faire le procès à notre Nation sur son esprit de frivolité ; je conviens bien avec vous que le génie français est plus porté vers le genre agréable que vers les grandes et sublimes spéculations ; mais, croyez-vous que cet aveu vous donne gain de cause, et que votre supériorité sur nous soit par là bien décidée ?[48]

Ainsi, la France surpasse les autres nations européennes grâce à son esprit frivole, vertu sociale par excellence. Cette apologie de la frivolité s'inscrit à la fois dans une réflexion morale et épistémologique. Boudier de Villemert montre que la

---

du XVIIIᵉ siècle, qui emprunte *frivol* au latin et au français, on trouve aussi *frivolität* (impudeur, audace, propos de mauvais goût) possède déjà une connotation sexuelle.

[47] Boudier de Villemert, *L'Ami des femmes, ou la philosophie du beau sexe*, nouvelle éd. (s. l. : [s. n.] 1775), pp. 13–14.

[48] [Pierre Joseph Boudier de Villemert], *Apologie de la frivolité, lettre à un Anglais* (Paris : Prault père, 1750), p. 1.

recherche des plaisirs de superficie est plus sûre et profitable que toutes les spéculations de métaphysique et de morale, où l'on s'égare sans trouver la vérité. La question que pose la frivolité, pour qui veut l'envisager sans les froides préventions de la mélancolie anglaise, est celle des bornes du savoir. Le caractère paradoxal de cette apologie n'a pas échappé aux contemporains, qui en ont interrogé la finalité et la pertinence. Ainsi, l'auteur d'une critique dans le *Journal de Trévoux* remarquait :

> Pour dire la vérité, nous ne démêlons pas trop si ce petit ouvrage est une ironie ou s'il défend l'affaire au fond. Si c'est une ironie, elle ne nous paraît pas assez marquée ni assez forte pour corriger les partisans du frivole. Si c'est une défense sérieuse, on ne sera pas convaincu, en la lisant, des prérogatives de la frivolité.[49]

L'apologie de la frivolité, dans quelque sens qu'on l'entende, ne peut ni sérieuser les gens frivoles, ni frivoliser les gens sérieux.

Les apologistes de la frivolité semblent cantonnés dans le genre de l'éloge paradoxal, tant il est vrai que celle-ci ne génère que le mépris ; d'ailleurs, qui voudrait louer sérieusement une attitude qui réfute tout sérieux, et qui se détourne en riant de toute argumentation plus ou moins suivie ? C'est ce que remarque Louis Lambert, dans son *Éloge des Français, ou apologie de la frivolité* (1755) :

> On ne sent pas réellement assez tous les avantages que nous a procuré ce goût pour le frivole qui règne aujourd'hui parmi nous, et tel est le caractère des vrais biens de faire le bonheur des hommes sans pour ainsi dire qu'ils s'en aperçoivent.[50]

En effet, dans la mesure où l'on appelle « frivole » un individu s'occupant sérieusement de choses futiles, comment qualifier un apologiste de la frivolité, qui s'emploierait à démontrer ses bienfaits pour la communauté ?

> Quelle idée aurait-on d'un homme qui oserait avancer que cette aimable frivolité a perfectionné nos esprits, épuré nos mœurs ? Ne regarderait-on pas sa proposition comme un paradoxe ? Cependant de combien de défauts et même de vices n'a-t-elle pas purgé la société ?[51]

La frivolité de la nation française a pourtant permis, entre autres, de vaincre l'orgueil, l'avarice, et la jalousie, passions qui nuisent à la bonne pratique de la sociabilité. De plus, le luxe effréné dans lequel se repaissent les grands fait également le bonheur de l'ensemble de la nation, comme les restes d'un banquet nourrissent les domestiques d'une maison opulente :

---

[49] *Journal de Trévoux* (1752), 1503–35 (p. 1511).
[50] *Éloge des Français*, p. 8.
[51] Ibid., p. 9.

À Rome, les sénateurs enrichissaient par leurs largesses le pauvre citoyen. Les dépenses folles de la noblesse font ici le même effet. Que de gens réduits à la misère si notre jeunesse s'avisait d'être sage ! Ces cabriolets, l'image de la frivolité, ces jolis équipages qu'un vernis de Martin rend précieux, nourrissent et entretiennent ceux qu'ils éclaboussent.[52]

Si faire l'éloge de la frivolité c'est aussi faire l'éloge du luxe, c'est parce que l'un et l'autre sont comme l'envers et l'endroit d'une même médaille. Tout comme le luxe, la frivolité est loin de n'avoir que des apologistes, et les contempteurs du frivole abondent. Pierre Nicoleau, par exemple, a remporté le prix de l'académie d'Angers sur ce sujet : « La frivolité nuit également aux mœurs et aux lettres ».[53] Tel est désormais le paradoxe : il apparaît nécessaire de démontrer que la frivolité, en dépit de son manque de valeur, est bel et bien nuisible.

Fort présent dans l'espace littéraire du milieu du XVIIIe siècle, le débat sur la valeur de la frivolité a également intéressé les philosophes. Saint-Lambert, auteur des articles « Luxe » et « Génie » de l'*Encyclopédie* de Diderot et d'Alembert, est également le rédacteur de l'article « Frivolité » : « Les objets sont frivoles, » écrit-il, « quand ils n'ont pas nécessairement rapport au bonheur et à la perfection de notre être. Les hommes sont frivoles, quand ils s'occupent sérieusement des objets frivoles, ou quand ils traitent légèrement les objets sérieux. »[54] L'auteur s'intéresse en particulier aux causes morales de la frivolité (l'absence de passions), ainsi qu'à ses conséquences morales (le déclin des vrais talents et de l'amour des vertus), et aux moyens d'y remédier : « Il y aura toujours pour tous les hommes un remède contre la frivolité : l'étude de leurs devoirs comme hommes et comme citoyens. »[55] Il en va de la responsabilité politique des hommes comme *citoyens*, ce qui tranche avec l'image de l'aristocrate ennuyé et frivole qui circule abondamment dans la littérature du temps.

Voltaire, en réponse à l'article de Saint-Lambert, s'est également intéressé au problème moral de la frivolité, en publiant dans les *Nouveaux Mélanges* de 1765 une apologie ironique de la frivolité, qui s'avère consubstantielle à la nature humaine, et essentielle à la préservation du lien social : sans cette forme d'oubli, comment serait-il possible de marcher dans les rues de Paris, tous les 24 août, anniversaire de la Saint-Barthélemy, sans se souvenir avec horreur des massacres qui s'y sont produits ?[56] Le même Voltaire écrivait, dans une lettre à Mme du Deffand : « On ne peut guère rester sérieusement avec soi-même. Si la nature ne nous avait faits un peu frivoles, nous serions très malheureux. C'est parce qu'on

---

[52] Ibid., p. 10.
[53] Voir ci-dessus, note 42.
[54] « Frivolité », dans l'*Encyclopédie*, VII (1757), 311.
[55] Ibid.
[56] Voltaire, *De la frivolité*, dans *Œuvres complètes de Voltaire*, 205 vols (Oxford : Voltaire Foundation, 1968–2022), 60A (2017), 395–408.

est frivole, que la plupart des gens ne se pendent pas. »[57] La catégorie morale et culturelle de la frivolité est ainsi devenue un motif de réflexion à la fois sur la vanité du luxe, sur le génie national français (et surtout sur sa décadence après le Grand Siècle), sur le rôle des femmes dans une société qui a fait de la galanterie une valeur civilisatrice, mais qui craint néanmoins les effets délétères de l'amollissement sur la vertu militaire ou citoyenne, sur la nature de l'homme enfin, pris entre l'horreur qu'offre le spectacle de sa condition misérable et les aveuglements passagers des divertissements.

Publiée en 1750, *L'île Frivole* de Coyer constitue une découverte, non seulement dans le sens géographique, mais aussi dans la mesure où le texte contribuera à lancer une mode littéraire sur son objet. Les ridicules et les caprices des Frivolites, tout entiers dédiés à l'invention des modes et ennuyés de tout ce qui ressemble au sérieux, illustrent suffisamment le caractère du siècle, de la France, de ses sémillants petits-maîtres, de ses « femmes du jour », pour que d'autres auteurs s'emparent du motif. Ce seront par exemple Nicolas Bricaire de la Dixmerie, qui a publié *L'île Taciturne et l'île Enjouée, ou Voyage du génie Alcaciel dans ces deux îles*,[58] un conte philosophique fortement inspiré du *Monde comme il va* de Voltaire (1748), mais également des insulaires Frivolites dépeints par Coyer. En 1759, Boissy a représenté sur les planches de la Comédie-Italienne, la reine Frivolité qui était incarnée par la célèbre Justine Favard.[59] Reprenant le motif du récit de voyage popularisé par Montesquieu, *Le Palais de la frivolité*[60] de Charles Compan met en scène la visite de deux étrangers en France, où la déesse Frivolité s'est établie et règne en maîtresse absolue. Enfin, près de trente ans après la publication de la brochure de Coyer, Alexandre Delon publiait une nouvelle *Île Frivole*, une comédie en un acte qui situait l'action dans le contexte de la guerre d'indépendance américaine.[61] Ces développements et réécritures montrent la durabilité de la catégorie morale de la frivolité, qui reste pertinente tout au long du siècle et au-delà[62] pour incarner les ridicules et les travers de la

---

[57] 12 septembre 1760, D9222, dans *Electronic Enlightenment*, <https://doi.org/10.13051/ee:doc/voltfrVF1060115b1c> [consulté le 1er mars 2022].

[58] [1] Voir ci-dessus, note 6.

[59] Louis de Boissy, *La Frivolité* (Paris : Duchesne, 1753), comédie en un acte, représentée aux Italiens en 1753.

[60] Voir ci-dessus, note 40.

[61] Delon de Sarnhac, *L'Île Frivole, comédie en un acte et en vers libres* (Genève : Joly, 1778). On ne sait si la pièce a été représentée.

[62] Encore au XIXe siècle, la question de la frivolité intéresse auteurs et académiciens, qui cherchent notamment à la distinguer de la légèreté (voir J.-J. Lemoine, *Les Français justifiés du reproche de légèreté* (Paris : Treuttel et Würtz, 1815)), ou qui rappellent, au début de la IIIe République, que la frivolité est toujours un ennemi à combattre (P. Poirré, *La Frivolité, discours prononcé le 2 août 1875 à la distribution des prix du collège Saint-Joseph de Poitiers* (Poitiers : Oudin frères, 1875)).

nation, mais aussi ses interrogations sur la valeur des choses et des hommes, à un moment où la démocratisation de la symbolique ostentatoire bouleverse les hiérarchies axiologiques.

2. Histoire du texte

Le texte de *La Découverte de l'île Frivole* de Coyer, qui constitue l'une des premières explorations au XVIIIe siècle de ce nouveau territoire moral qu'est la frivolité, possède une histoire complexe. Il a connu deux versions. L'une, vraisemblablement la première, publiée sans nom d'auteur, ni date, ni lieu d'édition, ni privilège est une brochure in-quarto de onze pages, qui porte le titre *Découverte de l'Isle Frivole, par l'auteur de l'Année merveilleuse. Centième édition*. Une autre édition, de La Haye, chez J. Swart, in-octavo, de cinquante-deux pages, datée de 1751 et attribuée à « Mr. l'abbé Coyer, auteur de l'Année Merveilleuse », présente une version augmentée par rapport à la précédente. Une adresse de l'éditeur au lecteur de quatre pages a été ajoutée, ainsi que de nombreux détails, des observations plus touffues, et des circonstances narratives supplémentaires viennent enrichir la première version du texte, tout en conservant la même structure. Ainsi, toutes les circonstances du radoub de la flotte et des démarches entreprises par l'amiral Anson pour s'approvisionner en bois et en vivres constituent un ajout de la seconde édition. Il en va de même pour les considérations finales sur les ressources de l'île et l'exploitation concurrente que Français et Anglais pourront en faire. Ces ajouts ont augmenté la première version du texte de près d'un quart, ce qui a pu justifier la réimpression de la brochure. En plus de cette édition à l'adresse de l'imprimeur Jean Swart, le texte de la *Découverte de l'île Frivole* a bénéficié de plusieurs autres éditions en brochure, soit in-quarto, soit in-octavo, accompagné en une occurrence de l'*Année merveilleuse*,[63] mais toujours sans privilège. Il a ensuite paru dans le recueil des *Bagatelles morales* (à Londres et à Paris, chez Duchesne, 1754, sans privilège), et dans toutes les éditions subséquentes des *Œuvres complètes* de l'abbé Coyer. Si l'adresse de l'éditeur au lecteur en est désormais absente, le texte de ces éditions reste conforme à celle de La Haye.

3. Traductions

Cette multiplication des éditions, dans lesquelles se trouvent probablement plusieurs contrefaçons, témoigne d'un succès de librairie conséquent. Ce succès se confirme à la fois, comme on l'a vu, par les critiques dont le texte a bénéficié dans les périodiques, par ses reprises théâtrales, mais aussi par les traductions

---

[63] *Découverte de l'île Frivole, par Mr l'abbé Coyer. 2e édition, augmentée de l'Année merveilleuse ou les Hommes-femmes* (La Haye : J. Swart, 1751). Exemplaire à la BnF : 8-Z LE SENNE-5915.

qu'il a connues. En 1755, les *Bagatelles morales* ont été traduites en allemand, y compris *La Découverte de l'île Frivole*, qui paraissait sous le titre *Entdeckung der Insel Frivole*.[64] Le traducteur faisait précéder le texte d'un avant-propos sur la satire française et son adaptabilité dans la langue et la culture allemandes. Cette question ressurgit précisément à propos du terme « frivole », que le traducteur se dit contraint de conserver, en dépit de l'étrangeté du mot en allemand :

> Au début, je voulais l'appeler l'île des Inutiles [*Insel Unnütze*], l'île des Inconscients [*Insel Leichtsinnig*], l'île des Indignes [*Insel Nichtswürdig*], et ainsi de leurs habitants. Je n'aimais pas ces noms moi-même, et mes amis n'en approuvaient aucun. J'en suis donc resté là. J'aurais aussi pu la nommer l'île des Bagatelles [*Tändelinsel*]. Mais comme on est habitués aux noms étrangers dans les récits de voyage, il faut, comme je le crois, conserver Frivole.[65]

Par ailleurs, un long résumé du texte en néerlandais est paru dans la *Boekzaal der Heeren en Dames* (*Bibliothèque des messieurs et des dames*) à Amsterdam en 1764,[66] rendant accessible le texte aux lecteurs et lectrices néerlandophones.

Le public d'outre-Manche n'a pas dû attendre 1762 ou 1764 pour découvrir une traduction anglaise de *L'île Frivole*. En effet, dès 1750, une traduction paraissait à Londres chez Thomas Payne, bientôt suivie par une seconde édition, la même année.[67] Puis, deux ans plus tard, paraissait une autre traduction, précédée d'une préface du traducteur, et d'une traduction de l'adresse au lecteur de l'éditeur néerlandais.[68] Ces deux traductions sont basées sur le texte de l'édition de La Haye de 1751 ; il est cependant à noter que la date de la première traduction anglaise précède cette dernière, ce qui laisse supposer soit qu'une édition la précède qui n'est pas parvenue jusqu'à nous, soit que l'original ou la traduction ont été antidatés.

La préface de la traduction de 1752 fait davantage que présenter le texte : elle en suggère une interprétation, qui insiste sur le caractère antifrançais de la satire,

---

[64] Gabriel-François Coyer, *Moralische Kleinigkeiten* (Berlin, Stettin et Leipzig : Johan Heinrich Rüdiger, 1762). L'épître dédicatoire, adressée à Hans Gottfried von Globig, est datée de 1755.

[65] Ibid., p. 95.

[66] « Merkwaardige ontdekking van het zoogenaamde Beusel-Eiland, of de Vermaakelyke Menschen », *Boekzaal der Heeren en Dames, Magazyn van zeldzame historien, of gevallen, en een mengeling van ernstige en boertige verhandelingen* (*Bibliothèque des messieurs et des dames, ou collection d'histoires et d'événements extraordinaires, et mélange de récits sérieux et comiques*) (Amsterdam : Johannes Willem Kalemann, 1764), pp. 19–40.

[67] *A Discovery of the Island Frivola, or the Frivolous Island. Translated from the French, now privately handed about at Paris, and said to be agreeable to the English manuscripts concerning that island, and its inhabitants. Wrote by order of A-------l A-------n* (Londres : T. Payne, M. Cooper, 1750).

[68] *A Supplement to Lord Anson's Voyage Round the World containing a discovery and description of the island Frivola by the abbé Coyer, to which is prefix'd an introductory preface by the translator* (Londres : A. Millar, J. Whiston, D. White, 1752), 45 p. Cette traduction a également fait l'objet d'une édition à Dublin, chez P. Wilson et M. Williamson, la même année.

tout en feignant de ne pas voir l'ironie dans le panégyrique de la nation anglaise :
« Le texte propose une satire polie des Français, et un panégyrique très appuyé
de la nation anglaise. »[69] Cette interprétation en faveur de la nation anglaise est
cependant modérée par la maxime qui clôt la préface, « La louange imméritée est
une satire déguisée ». Reprenant un vers de Pope, elle rappelle que toute apologie
dans un contexte satirique est susceptible de renversement. Adressée à un lectorat
anglais, cette satire de la nation française et de ses ridicules peut aussi bien se
retourner contre ses lecteurs, et s'avérer bien plus universelle qu'il n'y paraît,
comme le rappelle à juste titre l'adresse au lecteur de l'éditeur hollandais, qui suit
immédiatement cette présentation du traducteur anglais. C'est également ce que
montre la réception critique de la traduction anglaise du texte dans les journaux
d'outre-Manche. Par exemple, le *Monthly Review* du mois de mars 1752, dont
l'auteur, après avoir constaté la critique de l'abbé Coyer à l'égard de ses
compatriotes dans leur comparaison à la nation anglaise, se demande quels sont
ceux parmi ses concitoyens qui valent l'amiral Anson.[70] Le texte de Coyer lui-
même jette un doute sur l'objet sa satire : de quelle nation l'île Frivole est-elle le
reflet, la France ou l'Angleterre ?

Ces allers et retours entre les langues, entre feintes et véritables traductions,
finissent par brouiller la visée morale du texte, déjà en elle-même ambiguë,
comme tout ce qui concerne le territoire moral de la frivolité au XVIIIe siècle :
critiquant les mœurs dépravées par le luxe et le désir de nouveauté et
questionnant les fondements utilitaires qui président à l'évaluation des biens et
des personnes, la frivolité met en lumière les problèmes que pose la valeur à la
fois économique et morale au mitan du XVIIIe siècle.

4. Établissement du texte et principes d'édition

La version française du texte est basée sur l'édition de La Haye, chez J. Swart,
in-8, de 52 pages, parue en 1751. Elle a l'avantage de contenir une adresse au
lecteur que ne reproduiront pas les éditions suivantes, lesquelles en reprendront
cependant le reste du texte intégralement.

La version anglaise est quant à elle basée sur l'édition de Londres, chez
A. Millar, J. Whiston, et D. White en 1752, comptant 45 pages, celle-ci
comportant à la fois l'avertissement du traducteur et celui de l'éditeur hollandais.

---

[69] Ibid., p. iv.
[70] *The Monthly Review, or, Literary Journal*, VI (mars 1752), p. 233. *The London Magazine, or
Gentleman's Monthly Intelligencer*, XXI (1752), p. 123, va encore plus loin dans l'interprétation,
en insistant sur la satire anglaise du texte, disant que ce pamphlet, sous le déguisement d'une
satire polie des Français, et d'un éloge appuyé des Anglais, est en réalité une satire des deux
nations, et en particulier de la dernière.

Cette traduction et la précédente, publiée chez Payne et Cooper en 1750, ne présentent pas de différence notable quant à la l'intelligibilité du texte.

Pour faciliter la compréhension des textes, l'orthographe et la ponctuation ont été modernisées dans les versions française et anglaise. L'usage des majuscules a également été modernisé dans les deux langues.

Découverte
de
l'île
Frivole
Par M^r
l'abbé Coyer
Auteur de l'Année Merveilleuse

à La Haye
chez Jean Swart,
à la grande salle de la cour, 1751

~

Au lecteur[1]

Vous allez donc lire cette île Frivole ; mais, y pensez-vous ? Songez-vous à quoi vous vous exposez ? Vous serez charmé de la critique fine et ingénieuse que l'on y fait des hommes d'aujourd'hui et de leurs mœurs ; mais soyez en garde contre vous-même : à peine aurez-vous lu quatre pages, que vous vous trouverez le but de quelque trait de satire auquel votre esprit aura applaudi sans consulter votre amour-propre. Hélas ! J'en ai fait la triste expérience. J'avais reçu de mes parents une éducation trop solide pour être du bon ton ; mais bon naturel ne ment point : j'avais lu bravement je ne sais combien de volumes à réfléchir, quand, séduit par le titre et la brièveté de celui-ci, j'y ai jeté les yeux. Que vous dirais-je ? À la seconde page, j'ai fait une réflexion, puis une autre ; je m'y suis reconnu : j'ai rentré en moi-même ; j'ai trouvé, par un monstrueux assemblage un esprit frivolite dans un corps hollandais.[2] Ô vous cher lecteur, qu'un heureux instinct a peut-être garanti jusqu'ici du malheur de penser, gardez-vous d'une première réflexion : elle en entraîne d'autres. Encore si, selon l'usage établi par la bonté de nos cœurs, elles ne tombaient que sur le prochain, on demeurerait en règle. Mais vous vous les appliquerez, je vous en avertis, ce qui pourra effectuer en vous une révolution étonnante : vous ne sentirez plus le prix des riens ; vous travaillerez à réformer et à fixer votre imagination, en lui donnant le bon sens pour guide ; et ce vieux bon sens, qui est de plusieurs modes en arrière, répandra sur vos propos

---

[1] Cette épître de l'éditeur hollandais au lecteur était absente de l'édition in-4, et ne sera pas publiée dans les *Bagatelles morales*, ni dans les *Œuvres complètes* de Coyer subséquentes.
[2] Selon les représentations des caractères nationaux au XVIIIᵉ siècle, le génie hollandais est raisonnable mais obtus : « Les Hollandais ont une surabondance de raison, mais l'esprit assez communément massif », écrira Caraccioli dans l'article 'Massif' de son *Dictionnaire critique, pittoresque et sentencieux*, 3 vols (Lyon: Benoît Duplain, 1768), II, 28. En contrepartie, Muralt dira des Français, dans ses *Lettres sur les Anglais et sur les Français* (Cologne : [s. n.] 1725), qu'ils prisent souvent outre mesure la vivacité d'esprit, et prennent le bon sens pour « une espèce de stupidité » (p. 105). Coyer, dans son *Voyage en Italie et en Hollande* (Paris : veuve Duchesne, 1775), se montrera en revanche admiratif de la puissance économique et commerciale hollandaise.

et sur toute votre conduite un vernis d'antiquité qui excédera tout le monde. Au bout du compte, vous deviendrez peut-être un homme de mérite, un homme solide ; mais un homme à qui la solidité vient avant les cheveux gris est un homme noyé. Autant vaudrait qu'il eût de la religion avant trente ans.

~

Découverte
de
l'île Frivole

L'amiral Anson vient de donner au public l'histoire intéressante de son voyage autour du monde.[3] Mais pourquoi a-t-il voulu nous dérober la connaissance d'une île que la nature a formée pour nous comme pour lui ? Est-ce à cause du singulier qu'elle offre partout ? Un Anglais craindrait-il de dire le vrai lorsqu'il n'est pas vraisemblable ? Un Français doit oser davantage. Peut-être a-t-il eu une autre raison, une raison d'État, car dans son manuscrit, je trouve cette apostille : « J'ai fait jurer toute l'escadre par la sacrée liberté du peuple anglais de se taire *upon the Frivolous island*, c'est-à-dire sur l'île Frivole », et moi je jure par la soumission française[4] de parler. On verra qui, de l'escadre ou de moi, gardera mieux son serment.

---

[3] Plusieurs relations du voyage de l'amiral Anson et de sa flotte ont été publiées à partir de son retour en Angleterre en 1744. Le récit officiel, *A Voyage Round the World in 1740–4 by George Anson Esq, now Lord Anson, Commander-in-Chief of a Squadron of His Majesty's Ships Sent upon an Expedition to the South Seas Compiled from his Papers and Materials by Richard Walter, MA, Chaplain of His Majesty's Ship The Centurion, in that Expedition*, est paru à Londres, chez John and Paul Knapton, en 1748. Le livre a connu plusieurs rééditions et a très tôt été traduit en français par Élias de Joncourt et l'abbé Gua de Malves (Amsterdam et Leipzig : Askstée et Merkus, 1749). Ce dernier était collaborateur du cercle de Gournay, tout comme Coyer.

[4] L'assujettissement des Français à leur prince ou à leur gouvernement fait partie des lieux communs de l'époque. Muralt dira, par exemple : « Les Français sont peu sensibles à la liberté : non contents de dépendre du prince en tout ce qu'on peut se laisser ôter, ils se soumettent à lui, même pour les goûts, pour ce que les hommes ont de plus indépendant et dont il semble qu'ils puissent le moins disposer : un mot qui lui échappe, une parole dite au hasard est relevée et devient une décision qui met le prix aux hommes et aux choses. » Muralt, *Lettres sur les Français et les Anglais* (Genève : Fabri et Barrrillot, 1725), p. 185–86.

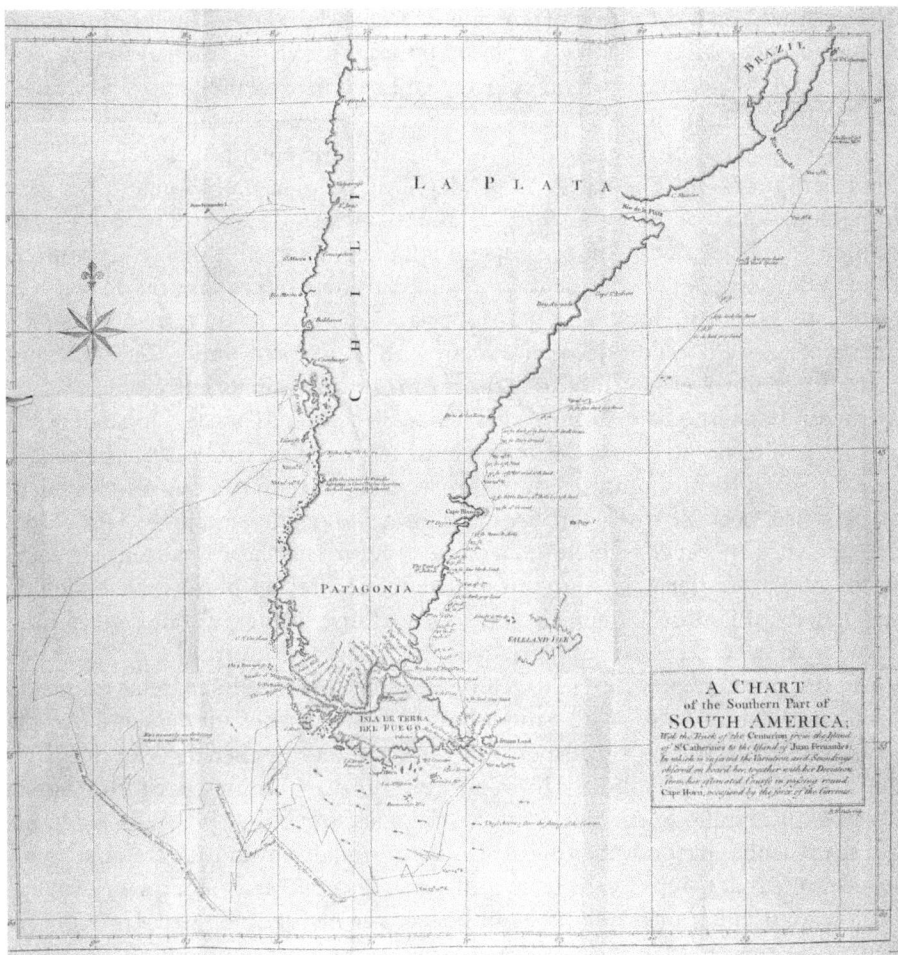

J. Mason, 'A Chart of the southern part of South America', *A Voyage round the world in the years MDCCXL, I, II, II, IV by George Anson. Compiled... by Richard Walter* (London: J. and P. Knapton, 1748). Bibliothèque nationale de France, Gallica.

Il importe peu au public de savoir comment le manuscrit est tombé dans mes mains. Je trahirais, en le disant, celui qui a trahi l'amiral. L'objet intéressant est une traduction fidèle : je m'y engage.

L'amiral Anson, après avoir doublé le cap Horn avec tous les dangers de la mer la plus orageuse et du climat le plus terrible, après sept semaines de nouvelles tempêtes qui l'avaient séparé de la moitié de son escadre, endommagé dans ses voiles, dans ses mâts, et dans tous ses agrès, occupé sans cesse à refermer des voies d'eau qui s'ouvraient d'un jour à l'autre, réduit à trois vaisseaux infectés généralement du scorbut, ayant jeté plus de morts dans la mer qu'il ne lui restait de malades, et il lui en restait encore trop pour les provisions qu'il avait ; l'amiral en cet état projetait encore d'enlever à l'Espagne ses meilleures places en Amérique, ou du moins ses trésors.

Jamais on n'eut plus besoin d'un lieu de rafraîchissement. Il cherchait l'île de Juan Fernández entre le 34e et le 35e degré de latitude méridionale.[5] Un vent impétueux qui soufflait du Nord le repoussa vers le 45e, dans cet espace immense de l'Océan où l'on ne soupçonnait aucune terre. Le pain était compté, l'eau était mesurée ; encore deux jours, il fallait mourir de faim ou de soif. On allait sans savoir où, lorsqu'un matelot cria « Terre ! » Toute terre est bonne à qui va périr. Celle qu'on découvrait était à 16 lieues[6] sud-ouest. Cet espace fut bientôt parcouru, et le vent s'adoucissant près du terme, ils entrèrent la sonde à la main dans une baie au nord de l'île, où ils jetèrent l'ancre. On se dépêcha de mettre à terre, on dressa des tentes pour les malades. Un bois qui bordait la baie en amphithéâtre offrait certains arbres chargés de fruits qui ressemblaient assez à nos pêches, fruits tardifs, car c'était l'hiver de ce climat. On se jeta dessus ; mais on s'aperçut bientôt qu'on ne se nourrissait pas. Ces fruits si beaux, si colorés, ne renfermaient qu'une substance légère, ou plutôt une image de substance qui laissait le même besoin. S'il y avait à gagner, c'était de diminuer l'ardeur de la soif. Les arbres participaient à la légèreté du fruit. Un matelot en saisit un pour gagner un talus élevé. L'arbre cédant, le matelot roula, et s'accrochant à un autre arbre pendant sa chute, ce dernier fut déraciné comme le premier. L'amiral ne perdit point de temps pour chercher de l'eau douce, et des nourritures plus solides : il prend avec lui dix hommes parmi les moins malades, il marche à leur tête, et perce dans les terres. Les premiers habitants qui se présentèrent furent des tigres : ces fiers animaux, avant que d'être aperçus, se jetèrent sur la troupe ; mais leurs griffes et leurs dents n'étaient qu'un cartilage flexible, plus fait pour orner que pour blesser : ce ne fut qu'un jeu. Après quatre heures de marche à travers la forêt, nos braves entrèrent dans une plaine couverte d'arbrisseaux chargés de fleurs et de fruits. À cet aspect, ils ne surent plus si c'était l'hiver ou l'été de l'île. Le doute ne fut pas long. Si les fruits qu'ils avaient trouvés au bord de la baie nourrissaient peu, ceux-ci ne pouvaient pas

---

[5] Situé au large du Chili, l'archipel de Juan Fernández est principalement composé de l'île Alejandro Selkirk et de l'île de Robinson Crusoe. La première est ainsi nommée en référence au marin écossais qui a passé quatre années dans cette île déserte, au début du XVIIIe siècle ; son histoire, largement diffusée, a inspiré Daniel Defoe l'histoire de son roman *Robinson Crusoe* (1719). Dans le récit que fait Richard Walter du tour du monde de l'amiral Anson et de sa flotte, le Centurion, commandé par l'amiral, aborda l'île le 9 juin 1741, bientôt rejoints par d'autres vaisseaux de l'escadre ; ils y passèrent trois mois à se restaurer.
[6] Les unités de mesure ne sont pas standardisées sous l'Ancien Régime. S'il s'agit là, comme c'est probable, de lieues marines (vingt lieues par degrés à l'équateur, soit une lieue équivalant à 5,56 km), la distance à parcourir est de 88,88 km en direction sud-ouest.

J. Mason, 'Sea lion and lioness', *A Voyage round the world*. Bibliothèque nationale de France, Gallica.

même se manger, pures efflorescences chimiques. Le limon végétal s'étant épuisé pendant l'été en productions réelles, réelles à la façon du pays, ce limon qui contient sans doute beaucoup de sels et de parties métalliques, produit en hiver ces arbres de Diane et de Mars, ces grappes de raisin, et autres fruits que nous formons dans nos laboratoires avec du mercure, du sel ammoniac, des métaux et de l'esprit de nitre.[7] Les oiseaux venaient béqueter ces végétations trompeuses, et semblaient se fâcher contre la charlatanerie de la nature. Ils étaient trompeurs eux-mêmes : la plupart avec le volume de nos faisans, n'avaient que le gosier aigu de nos serins ; et pour entendre les serins de l'île, il faudrait des tympans plus sensibles que les tympans européens.

En avançant dans la plaine, ils virent des chevaux attachés à des arbres, des hommes qui jouaient à divers instruments et des femmes qui, un soufflet à la main, faisaient voler la poussière. C'était leur façon de labourer la terre, terre aussi légère que la fleur de farine : le vent du soufflet traçait les sillons, et les hommes semaient. À la vue des étrangers, tout prit la fuite, il ne resta que les chevaux ; ressource utile s'ils avaient pu porter leur cavalier : ils plièrent sous le faix. Il fallut

---

[7] Les arbres de Diane, de Mars, de Saturne, etc., ou « arbres philosophiques » sont les noms qu'on donnait en alchimie et en chimie expérimentale aux cristallisations métalliques en forme de végétation qui résulte du mélange de certains métaux dans l'acide nitreux dilué dans l'eau. Dans la tradition alchimique, les différents métaux sont associés aux planètes : l'argent à la Lune (Diane), le fer à Mars, le plomb à Saturne, etc.

suivre à pied les traces des timides laboureurs. Leur habitation n'était pas éloignée, l'alarme avait été répandue, ils se présentèrent en grand nombre, armés d'arcs et de faux pour en défendre l'entrée. La prudence de l'amiral ne s'endormit pas. Il convenait de fléchir l'ennemi plutôt que de le vaincre. Il s'arrêta à la portée de l'arc, et fit poser les armes à sa troupe, les bras étendus vers les combattants. La nature est entendue partout : les femmes qui étaient en seconde ligne se détachèrent, et vinrent à nos voyageurs en dansant. La faim danse bien mal ; il fallut pourtant se prêter à la belle humeur des danseuses, qui les menèrent à leurs maris sans rompre la mesure.

On entra dans l'habitation, on devina leurs besoins par leurs signes, on leur servit du pain et des viandes. Leurs hôtes furent très surpris de les voir manger ce qui aurait rassasié trente insulaires ; mais ils l'étaient bien plus eux-mêmes de sentir encore une faim dévorante. Le pain avait la légèreté de nos oublies,[8] et la viande peu compacte était presque sans consistance : un mouton égal en volume aux nôtres ne pesait que dix livres.[9] Ce qu'ils trouvèrent de plus réel, ce fut l'eau. L'idée du vin ne se présentait pas à eux ; on leur en offrit pourtant : c'était une liqueur mousseuse, ou pour parler exactement de la mousse toute pure, qui ne faisait qu'une illusion agréable.[10] Tant de phénomènes embarrassaient l'amiral, mais ce n'était pas là le moment d'exercer sa physique. Il était question de reprendre des forces. On suppléa à la qualité des aliments par la quantité, et on convint enfin qu'on avait mangé.

L'amiral n'attendit pas la fin de sa digestion pour penser à ses *frères*[11] (c'est une expression que la bonne compagnie ne passe qu'aux prédicateurs, mais elle est de lui). Tandis qu'il cherchait à se faire entendre aux honnêtes insulaires, il fut interrompu par deux hommes armés qui n'avaient pas l'air si obligeant. C'étaient deux exacteurs des tributs, qui faisaient respecter le souverain. Ils entraînaient un habitant du lieu, chargé d'un fardeau ; une jeune femme suivait toute en pleurs, on lui enlevait son mari et son lit : les exacteurs lui rendirent un collier de verre, elle essuya ses larmes et chanta. Après cette courte distraction,

---

[8] L'oublie est une mince pâtisserie de forme ronde, datant du Moyen Âge. Préparée à partir de lait, d'œuf et de sucre, elle est cuite entre deux fers, comme une gaufre ou une hostie.

[9] À Paris, la livre marchande au XVIIIᵉ siècle, équivalait environ à 489,5 g ; ainsi, la masse des moutons frivoles ne dépassait pas 5 kg.

[10] La consommation de vin mousseux d'Aï, ou de Champagne, commençait depuis le début du XVIIIᵉ siècle à se populariser. Voltaire écrivait, dans *Le Mondain* (1736) : « Églé, Cloris, me versent de leur main | Un vin d'Aï, dont la mousse pressée, | De la bouteille avec force élancée, | Comme un éclair fait voler son bouchon ; | Il part, on rit, il frappe le plafond. | De ce vin frais l'écume pétillante, | De nos Français est l'image brillante » (*Œuvres complètes de Voltaire*, 16 (2003), 302).

[11] Hors du contexte religieux, la fraternité évoquée ici par Anson pourrait faire allusion à la franc-maçonnerie, bien que Coyer ait été initié en 1766 et ait eu une relation plutôt conflictuelle avec cette communauté. (Xavier Coyer, 'Coyer, Gabriel'.)

l'amiral reprit les signes qu'il avait commencés. Il s'avisa de ranger onze pierres sur la même ligne en se désignant lui et sa petite troupe. Après il en ajouta trois cents pour représenter tous les hommes de l'escadre en montrant le côté de l'île où s'était fait le débarquement. Il fut compris. Mais comment tirer d'une petite habitation de quoi les nourrir ? Un vieillard le prit par la main, et le conduisit à un point de vue d'où il découvrit une ville maritime qui lui parut aussi grande que Londres. Il en prit le chemin sur-le-champ. La marche ne fut pas longue. Il y avait une nombreuse garde à la porte, où ils furent arrêtés.

C'est une loi dans la capitale de l'île Frivole de n'y recevoir aucun étranger que sur la preuve de quelque talent utile dont le gouverneur lui-même fait l'examen. Il se présenta accompagné d'une troupe de pantomimes, qui l'empêchaient de s'ennuyer dans l'exercice de son ministère.

« Qui êtes-vous ? », leur demanda-t-il en les regardant en pitié. L'amiral fut bien surpris de s'entendre questionner dans une langue qu'il savait, en langue française.

« Nous sommes sujets », répondit-il, « du plus grand monarque de l'Europe ».

« Il faut », reprit le gouverneur, « que votre Europe soit bien pauvre ; ce n'est pas la première fois qu'elle nous envoie des hommes qui ne sont vêtus que jusqu'aux genoux, et mal vêtus. Par la lumière, si mes gens étaient en aussi mauvais ordre, on me chasserait de ma place ! Mais que demandez-vous ? »

« D'entrer dans votre port pour nous radouber, et nous rafraîchir. »

« Quels sont vos talents pour être admis dans la ville de l'Esprit ? »

« J'ai à bord », dit l'amiral, « des constructeurs qui savent doubler le mouvement d'un vaisseau par la coupe. »

On se mit à rire.

« Des ouvriers en mines à qui la terre ne saurait dérober ses trésors. »

On rit encore plus.

« Des chirurgiens qui pénètrent l'intérieur du corps humain, comme vous voyez la surface. »

On éclata à ne plus s'entendre.

L'amiral, se recueillant un peu, imagina que pour mettre les rieurs de son côté, il fallait citer quelques talents supérieurs et plus scientifiques. Il avait sur l'escadre des savants qui avaient quitté les délices de Londres pour constater la figure de la Terre et fixer les longitudes.

« Nation sage et éclairée », reprit-il, « j'ai aussi sur mes vaisseaux des géographes qui connaissent la Terre comme vous connaissez votre ville, des physiciens pour qui la nature n'a point de secret, des mathématiciens qui savent mesurer, peser, nombrer toute la création. Et moi qui vous parle, je puis, sans quitter cette place, vous dire par la trigonométrie la hauteur de cette tour que j'aperçois à deux mille pas. »

On était las de rire ; le mépris succéda ; le gouverneur tourna le dos, et la barrière se refermait.

« Milord », lui dit un curieux de la foule en mauvais anglais, « laissez là tous ces grands talents qui ne vous ouvriront jamais le plus petit guichet. J'ai été reçu dans cette ville et j'y ai fait ma fortune en chantant. »

« Sublime gouverneur », s'écria l'amiral, « génie lumineux, comment oubliais-je de vous dire que notre nation excelle en danse, en musique, et en cuisine ! »

Le gouverneur revint sur ses pas, on battit des mains. Richard Walter, chapelain du Centurion,[12] tira une flûte traversière, instrument inconnu aux Frivolites, il en joua, et nos marins, sans excepter l'amiral, dansèrent une matelote[13] qui fit tomber pour un mois toutes les danses de la ville. Il y aurait eu cent portes, on les eût ouvertes. Cependant les gardes de la barrière retardèrent l'entrée pour quelques minutes : ils fouillèrent les étrangers pour savoir s'ils ne portaient rien qui fût sujet aux droits. Ils trouvèrent dans la poche de l'amiral un étui de mathématiques, qui ne ressemblait pas à ceux de l'île : il fut confisqué en attendant les poursuites ultérieures.

Enfin, le gouverneur se mit en mouvement, et nos Anglais suivirent. Ils ne s'attendaient pas, chemin faisant, à voir rouler des équipages dans le goût de Paris et de Londres. La marche se termina à un palais immense : c'était celui de l'empereur. Il y a douze cours à traverser avant que de pénétrer à ses appartements. Ces cours sont environnées de bâtiments avec des boutiques. Là, outre les officiers du monarque, sont logés dix illustres de tous les métiers qu'on juge les plus nécessaires à l'État. Les brodeurs, les vernisseurs, les bijoutiers, les marchands d'odeurs, les fabricants d'étrennes,[14] les ouvriers en lustres, les compositeurs de desserts figurés,[15] les inventeurs et les contrôleurs des modes, les peintres pour les voitures de ville, les maîtres à danser, et les faiseurs[16] de romans, qui sont obligés en commun et solidairement d'en donner un chaque semaine.

---

[12] Richard Walter était effectivement chapelain de la flotte commandée par l'amiral Anson. On lui attribue *A Voyage Round the World* (1748), qu'il a composé à partir des notes prises au cours des pérégrinations de la flotte.

[13] Mise à la mode par Marin Marais (dans l'opéra *Alcione*, 1706), la matelote est une contredanse au rythme vif.

[14] Une étrenne est un présent qu'on fait le premier jour de l'année. Il s'agit essentiellement de « nouveautés » : petits bibelots, almanachs galants ou chantants, colifichets et autres bagatelles.

[15] Lors de cérémonies particulières, les cours européennes d'Ancien Régime faisaient figurer des pièces montées monumentales sur leurs tables, moulées en sucre ou composées de fruits et d'autres aliments, dont la dimension souvent allégorique était destinée à illustrer leur pouvoir.

[16] Le faiseur est celui qui fait quelque ouvrage, et plus particulièrement en parlant des modes et des ouvriers et ouvrières recherchées : « la bonne faiseuse ». Le terme désigne par mépris un auteur de mauvais livres ; on l'emploie aussi proverbialement pour parler des gens qui promettent beaucoup et qui ne font rien : les grands diseurs ne sont pas les grands faiseurs (*Dictionnaire de l'Académie française*, 1694).

On arriva enfin aux appartements de l'empereur. Sa Toute-Élégance (c'est le titre qu'on lui donne) y délibérait avec ses ministres sur une proposition qui tenait toute la ville en suspens. Il s'agissait de décider si on logerait les éventaillistes à la cour. On agitait vivement la question. Mais il parut encore plus important pour le moment de voir les étrangers, qui furent introduits. Il fallut donner en présence du conseil de nouvelles preuves des talents dont le gouverneur avait fait le rapport. Richard Walter, avec sa flûte, tâcha de se surpasser, et les danseurs à l'envi. Mais le talent de la cuisine que l'amiral avait jeté en avant n'était pas encore éprouvé. Il exécuta avec son cuisinier, qui heureusement était de la troupe, un pouding quintessencié. Le monarque et les ministres en mangèrent, et sur-le-champ, l'ordre fut signé pour ouvrir le port à la petite flotte, qui effectivement y entra le lendemain. Il était temps pour ces malades affamés ; car il en était mort dix pendant la nuit autant de besoin que de maladie.

Il est peu de nations plus serviables que les Frivolites de la capitale, pourvu qu'ils soient bien payés. On porta aussitôt aux étrangers des rafraîchissements de toute espèce ; mais quand il fallut en compter la valeur, ils ne tinrent plus rien. Les Frivolites ne connaissent ni or ni argent. Ils ont pour monnaie des pièces d'agate, des *agatines*.[17] À la vue des schillings et des guinées d'Angleterre, ils remballèrent leurs provisions. L'amiral sentit la nécessité de procéder par échange. Des vaisseaux marchands auraient été moins embarrassés. Il se souvint pourtant qu'il avait à bord quelques pièces de dentelles et de rubans. Il se fit dresser une espèce de théâtre, et débuta par le ruban. Il aperçut une impression vive de plaisir dans les yeux de la multitude ; mais pour savoir quel parti il en tirerait, il en coupa une aune.[18] À l'instant, un boulanger s'avança, et jeta vingt livres de pain sur le théâtre. Le boucher, le pâtissier, les marchands de vin et de liqueurs eurent leur tour ; en sorte qu'avec dix ou douze pièces de ruban, la flotte se trouva suffisamment approvisionnée pour un jour. L'amiral, en établissant la proportion, trouva qu'avec la totalité de ses rubans, il pourrait nourrir son monde pendant un mois.

Sur le midi, on lui annonça que l'empereur viendrait le jour même visiter l'escadre. Il n'avait pas oublié les reproches du gouverneur sur le mauvais ordre des habits. Il ordonna un air d'ajustement, un air même recherché à l'équipage ; après quoi on se mit sous les armes et sur deux lignes qui aboutissaient au Centurion. L'empereur chercha des yeux l'amiral, et eu peine à le reconnaître : il l'avait vu la veille dans ce négligé qui sied bien sur un vaisseau, et si mal à la cour. Il porta la main à ses cheveux, il en mania les boucles avec une attention singulière : il trouva que celles qu'on formait dans l'île n'en avaient ni les grâces

---

[17] L'agatine, ou agathine, est un genre de mollusque terrestre, principalement originaire de Madagascar et des îles d'Amérique, à forme allongée et de couleur irisée.
[18] L'aune est une ancienne unité appliquée au mesurage des étoffes. Une aune équivaut à 1,18 mètres. Par ailleurs, 20 livres de pain font un peu moins de 10 kg.

ni l'ensemble. Le capitaine du Gloucester causa bien une autre surprise : l'impératrice en tâtant sa frisure y mit trop d'avidité et de rudesse ; c'était une perruque, et elle la sépara de la tête, et crut avoir arraché la peau au malheureux Mitchell. Ces riens causèrent des événements dont nous parlerons dans la suite.

L'empereur continua sa marche. Il trouva les vaisseaux monstrueux et désagréables à la vue. Pour pièce de comparaison, il montrait sa marine, qui faisait face dans le port : des espèces de chaloupes élégamment contournées. Les poupes étaient en marqueterie parsemées de nacre ; les voiles de pourpre et les câbles de soie. Il monta sur le Centurion. Les Frivolites n'avaient jamais vu ni fusils, ni canons, ni bombes, ni boulets : ils regardaient tout cela fort rapidement sans faire une question. L'amiral n'en fut pas fâché : il n'était pas assuré d'être longtemps dans la faveur ; et en cas d'événement, il était bien aise de contenir les insulaires autant par la surprise, que par la force de son artillerie.

Cependant, il voulut donner quelque nourriture à la curiosité. Il fit remarquer la coupe et la manœuvre des vaisseaux, les pompes et le cabestan : le monarque bâilla et toute la cour à l'unisson. Il finit par la boussole. « Le pays d'où nous venons est éloigné », dit-il, « de plus de 6000 lieues :[19] c'est ce fer mouvant qui nous a conduits. » Il essaya d'expliquer les rapports de l'aiguille aimantée avec les pôles. Il parlait à des sourds, mais non pas à des aveugles. Les yeux de l'impératrice venaient de tomber sur une caisse de rubans que le hasard avait laissée ouverte. Elle en saisit une pièce avec avidité, et l'amiral eut l'occasion de faire sa cour en livrant tout le magasin. L'empereur en distribua quelques rouleaux, et se réserva le reste en demandant si c'était tout.

« J'en avais davantage ce matin », répondit l'amiral, « je les ai échangés contre des vivres. C'est la seule monnaie que vos marchands aient voulu recevoir de nous. »

« Ils n'en jouiront guère », dit le monarque, « pour vous soyez tranquille. »

En effet, il ordonna au trésorier de l'État de lui compter dix mille agatines, somme qui pouvait suffire pour la nourriture d'un mois. Le lendemain, il émana du trône une déclaration qui enjoignait aux vendeurs qui avaient été payés en rubans de les rapporter au Bureau des Modes ; et le Bureau eut ordre d'analyser le ruban pour en établir une manufacture.

L'amiral, tranquille sur les provisions de bouche, ne l'était pas sur le radoub de ses vaisseaux : il fallait du bois. Celui qu'il avait aperçu dans l'île était trop tendre et trop frêle pour cet usage. Il s'informa : on lui donna connaissance d'une forêt à la distance de dix lieues,[20] la seule où les arbres, par la qualité particulière du sol, fussent durs et résistants. Il partait pour la reconnaître, lorsqu'il lui vint un ordre d'aller friser la cour. Il fut très embarrassé pour obéir. Il crut trouver

---

[19] 33 330 km.
[20] 55 km.

une ressource dans trois valets de chambre barbiers, qui avaient perfectionné leur goût à Paris : Jacques Quick, Thomas Ball, et Georges Shaver.[21] L'amiral les nomme, parce qu'ils vont jouer un assez beau rôle. Il se fit accompagner du colonel Cracherode qui commandait les troupes de terre et des deux capitaines Mitchel et Saunders.[22] Assurément, ni eux, ni lui, ne comptaient mettre la main à l'œuvre. Ils se trompèrent : l'empereur présenta sa tête à l'amiral ; l'impératrice et deux princes, l'espoir du trône, s'emparèrent du colonel et des deux capitaines. L'amiral s'excusa aussi bien qu'eux, en disant qu'ils possédaient bien toute la théorie de cet art, mais qu'ils manquaient de pratique. Durant ce propos, un courtisan riait malignement ; et l'amiral avait senti de l'antipathie pour lui avant même qu'il eût ri. Les valets de chambre furent ici les vrais acteurs. L'ouvrage allait, et le monarque s'avisa de demander à l'amiral de quelle nation européenne il était.

« De la première », répondit-il.

« Vous êtes donc Français », reprit le courtisan rieur. Cette conséquence ne fut pas du goût de l'amiral, qui en se déclinant Anglais, voulut prouver sa proposition ; le courtisan sa conséquence. La dispute s'échauffait, et la frisure finit à la gloire des trois artistes, qu'on logea dans la douzième cour du palais. Ce furent les hommes du jour. Pour leurs maîtres, ils ne remportèrent que beaucoup d'indifférence, et peu d'estime. L'amiral retourné à l'escadre réfléchissait assez tristement sur cette aventure. Le froid avec lequel il avait été congédié, ce courtisan qui avait pris le parti de la France, la langue française répandue à la cour… y avait-il des Français dans l'île ? Mais comment y seraient-ils venus sans qu'il n'en eût jamais rien transpiré en Europe ? Et s'il y en avait, pouvait-il se flatter d'une bonne intelligence avec eux ? L'incertitude est cruelle. Il alla voir ce courtisan dont il était mécontent : s'il existe des Français dans l'île, celui-là devait l'être.

Le courtisan, après avoir un peu joui de son embarras, déchira le voile.

« J'étais à Paris », lui dit-il, « en 1719, lorsque tout le monde changeait son or contre du papier.[23] Je ne suivis pas la mode, parce que je n'avais point d'or. Mais

---

[21] Il n'est pas question de ces trois personnages dans le récit de Richard Walter ; le nom du dernier suggère fortement un récit de fiction. Les valets des officiers doivent toutefois, à l'occasion, participer aux manœuvres lorsque l'équipage est dans l'impossibilité d'assurer les quarts. Par ailleurs, l'art de la coiffure était associé à la nation française, et plusieurs coiffeurs exportaient leur expertise partout en Europe.

[22] Mordaunt Cracherode a été lieutenant-colonel de la Marine et a servi sous l'amiral Anson lors de cette expédition, sans avoir toutefois commandé les troupes de terre. Le capitaine Matthew Mitchel commandait le Gloucester, tandis que l'amiral Charles Saunders commandait le Centurion.

[23] La bulle financière pan-européenne de 1720 a durablement marqué les esprits. En France, l'Écossais John Law avait été mandaté par le Régent pour rétablir les finances du royaume. Son « système », complexe montage financier, avait permis de développer le papier-monnaie au détriment de la monnaie métallique, afin de favoriser les échanges ; mais l'agiotage et une crise de confiance ont eu tôt fait de faire tomber ce système.

en m'intriguant pour procurer du papier à ceux qui en voulaient, j'amassai de l'or. J'étais jeune au milieu d'une ville de dépenses et de plaisirs : je dissipai aussi promptement que j'avais acquis. Il ne me resta que des passions, et je m'aperçus bientôt que n'ayant plus d'or, je n'avais plus de mérite. Il me vint en idée d'aller chercher du mérite au Pérou.[24] Je la communiquai à quelques amis : ils la goûtèrent pour eux-mêmes. La colonie grossit insensiblement, nous nous embarquâmes à La Rochelle pour Porto-Bello[25] au nombre de cent soixante. La navigation fut heureuse jusqu'à hauteur des îles Antilles ; mais un vent contraire qui se soutint avec opiniâtreté nous porta sur les côtes du Brésil. Il ne fut plus question de Porto-Bello. Le capitaine, pour tirer parti du contretemps, forma le dessein d'aller à Lima, où il espérait de se défaire de ses marchandises avec avantage. Nous tournions l'Amérique. Nous passâmes le détroit de Le Maire,[26] et c'est au sortir de ce détroit que tous les vents nous attendaient pour nous offrir la mort à chaque minute. Des tempêtes, qui ne s'apaisaient que pour reparaître plus furieuses, nous poussèrent et repoussèrent longtemps d'abîmes en abîmes.

« Le vingtième jour, nous étions bien persuadés qu'il n'y avait point de terre dans le parallèle que nous courrions ; et lorsqu'à travers tant d'horreurs nous abordâmes à ce monde inconnu, nous doutions de la vérité de notre estime.[27] N'était-ce point le Pérou qui s'offrait à nous ? Quoi que ce fût, c'était une terre enfin. Elle nous présenta d'abord un rocher fort élevé. Nous y montâmes pour découvrir le pays où le sort nous jetait. À peine fûmes-nous au sommet que le vaisseau que nous voyions à nos pieds chassa sur ses ancres, et un coup de vent nous le fit perdre de vue pour toujours, avec le capitaine et les matelots. Sans doute ils ont trouvé la fin de leurs maux dans le sein de l'Océan. Nous errâmes d'abord de bourgade en bourgade sans autre dessein que celui de vivre. Ensuite, nous idées se tournèrent du côté de la capitale : les grandes villes sont plus fécondes en ressources. Nous en étions à 200 lieues.[28] Que de peines à souffrir pour y arriver ! Mais la consolation fut prompte.

« Les Frivolites s'aperçurent combien nous leur étions nécessaires. Ils étaient justement dans cette disposition d'esprit où un peuple cherche à sortir de sa barbarie. Ils n'avaient encore ni lustres, ni sofas, ni bijoux, et les visages des femmes n'étaient pas encore vernis. Mais on commençait à multiplier les

---

[24] Le Pérou était connu comme une source importante d'or et d'argent. C'est là que Voltaire fait figurer le fameux Eldorado dans *Candide* (1759).
[25] Aujourd'hui situé au Panama, Portobello était du XVIᵉ au XVIIIᵉ siècle le port principal utilisé pour l'exportation des métaux précieux vers le continent européen depuis les Amériques.
[26] Le Détroit de Le Maire est situé à l'extrême sud du continent américain, et constitue la porte d'entrée au Cap Horn, route maritime principale entre les océans Atlantique et Pacifique avant le percement du canal de Panama en 1914.
[27] Dans le sens d'estimation.
[28] S'il s'agit toujours de lieues marines, 200 lieues font plus de 1100 km ; s'il s'agit de lieues terrestres de Paris (1 lieue équivaut à 3,9 km), la distance est légèrement inférieure : 779,6 km.

lumières, à élargir les chaises, à tailler le verre à facettes ; et les femmes, lorsqu'elles voulaient représenter, prenaient d'un élixir qui, en fouettant le sang, animait leurs couleurs. La finesse de la cuisine, les ornements de la table, les prestiges de la parure, l'élégance des meubles, la variété des équipages, les broderies, tout cela s'ébauchait. On ignorait les modes, mais on convenait qu'il n'était plus possible à une honnête femme de porter une robe toute une saison, et en général d'avoir toujours la même forme d'habit comme on a le même nez.

« Les mœurs tendaient aussi à se dépouiller de leur rudesse. Les airs maniérés, les compliments, le bon ton, les vapeurs,[29] les soupers divins, les dépenses de fantaisie, les amitiés des lèvres, les amours d'un jour, toutes ces fleurs d'urbanité étaient dans le bouton, n'attendant qu'un coup de soleil pour éclore. Les maris ne sentaient pas encore le ridicule d'aimer leurs femmes ; mais ils y trouvaient déjà de la gêne. Les femmes n'avaient pas encore abandonné les soins domestiques pour ceux de la toilette ; mais une voix secrète leur disait qu'elles étaient nées pour un rôle agréable et brillant. À peine comptait-on quelques seigneurs qui eussent le courage de dépenser au-delà de leur revenu ; mais depuis quelques années, on y était juste. Enfin, les Frivolites n'avaient pas encore le goût ; ils avaient seulement le goût pour le goût. Mais malgré cet heureux naturel, qu'il en coûte, Milord, pour former une nation ! »

Milord, à ce propos, fronça le sourcil. Il voulut parler de lois, de vertus, de sciences, d'arts utiles pour remplir cet objet.

« Voulez-vous donc », reprit le Français, « que nous missions cette capitale en bonnet de nuit ? Tous ces arts qui réjouissent les yeux, qui embellissent les passions, ils les tiennent de nous ; nous avons poli leurs vices, et ils ont adopté notre langue, qui a donné du jeu à leur esprit. Heureusement, à notre départ, chacun s'était muni d'une bibliothèque de poche (que faire sur un vaisseau !), tous livres de goût. Des romans délicieux, des comédies pétillantes d'esprit, des tragédies galantes, des opéras d'amour fondu. Vous ne sauriez croire avec quelle sagacité ils en ont imité les grâces. Nous comptons aujourd'hui six cents poètes et deux mille romanciers. Vous en jugerez vous-même : lisez cette comédie faite par un grand de la cour, et ce roman dont un magistrat est le père.

« Au reste, la colonie a semé pour elle-même. On nous a tous distingués dans l'État : moi surtout, pour qui on a créé une charge de la Couronne. Vous parlez au grand contrôleur des modes. Cette place a bien des fleurs ; mais elle a ses

---

[29] « On appelle aussi vapeurs, dans le corps humain, les affections hypocondriaques et hystériques, parce qu'on les croyait causées par des fumées élevées de l'estomac ou du bas ventre vers le cerveau. Les médecins les attribuent aujourd'hui aux mouvements spasmodiques des nerfs. » (*Dictionnaire de l'Académie française*, 1762) Cette affection, réputée toucher principalement les femmes à l'imagination débordante, est encore très à la mode au cours de la seconde moitié du siècle, comme en témoigne *La Philosophie des vapeurs* de Claude Paumerelle (1774).

épines. Une mode avec ces gens-ci vieillit en quinze jours. Il faudrait être plus que Français pour toujours fournir. Ah ! Si le sort ne nous eût pas enlevé notre vaisseau… il était chargé de tout ce superflu de France, ce qui est ici le nécessaire.[30] Que de modèles pour cette ville ! Ce ruban qui vous fait tant d'honneur, il y a longtemps qu'il y figurerait. On ne saurait tout faire à la fois. Il faut des siècles pour égaler Paris. On a sans doute beaucoup perfectionné depuis notre départ. J'ai aperçu comme tout le monde un nouveau goût dans la frisure que vous avez apportée.

« Mais pesez bien, Milord, ce que je vais vous dire. Ou c'est votre dessein de vous établir dans cette terre, ou ce ne l'est pas. Si ce ne l'est pas, que vous importe de vous acquérir de la considération en y montrant des nouveautés ? Si c'est l'est, gardez-vous désormais d'en produire aucune sans mon agrément. Vous les tenez toutes de la France, avouez-le de bonne foi. Faites-lui en hommage. Sans cela malheur à vous, notre crédit est grand. »

« Loin de me fixer ici », répondit l'amiral, « je vous offre de vous ramener dans votre patrie que vous regrettez sans doute. »

« Nous l'avons regrettée, il est vrai », répliqua le grand contrôleur, « nous craignîmes longtemps de ne pouvoir subsister des aliments de l'île, et nos frayeurs augmentèrent beaucoup, lorsqu'après quelques années, nous nous aperçûmes que notre chair se raréfiait, se subtilisait, que notre substance se dissipait. »

En prononçant ces mots, il fit une gargouillade[31] et donna du pied dans un lustre.

« Croirez-vous », ajouta-t-il, « que je ne pèse plus que cinquante livres ?[32] Les enfants que nous avons faits dans les premiers temps de notre transmigration, nous n'osions les toucher. Ces jolies machines avaient apporté du sein de leurs mères des ressorts extrêmement délicats, trop délicats pour se jouer avec les forces de l'Europe dont nous conservions encore une partie. Mais insensiblement les proportions se sont établies entre notre constitution et la nature de l'île, et nous vivons heureux avec un peuple qui a l'imagination couleur de rose. »

L'amiral avait la sienne couleur de bois, très enfoncée dans la forêt. Il y alla, et il en revint content. Cependant, il fallait un ordre du souverain pour couper : il demanda une audience qui lui fut refusée ; il l'aurait peut-être obtenue par le moyen du Grand Contrôleur, mais la confiance n'était pas établie entre eux. Il s'adressa à d'autres favoris, dont aucun n'osa porter sa demande aux pieds du

---

[30] Les discussions sur la nature du luxe au XVIIIᵉ siècle portent notamment sur son degré de superfluité et son rapport au nécessaire. Voltaire, dans son poème *Le Mondain* (1736) faisant l'apologie du luxe, écrivait : « Le superflu, chose très nécessaire » (*Œuvres complètes de Voltaire*, 16 (2003), 296).

[31] La gargouillade est un pas de danse qui consiste en un saut de chat précédé de petits ronds de jambe. Il était réservé aux entrées des vents, des démons ou des esprits du feu et aux danses comiques.

[32] 25 kg.

trône. Quand la faveur manque, on doit recourir aux voies ordinaires. Il se présenta au Premier ministre un placet[33] à la main. Tous les placets qui étaient soupçonnés de causer le moindre déplaisir au monarque étaient supprimés. Le sien eut le même sort. Il repassait les antichambres d'un air soucieux. Il fut arrêté par un seigneur, espèce de philosophe, qui pensait trop singulièrement pour faire son chemin à la cour ; mais il y était souffert à cause de la grandeur de sa naissance. Il questionna l'amiral sur la position, le gouvernement, la marine, le commerce de l'Angleterre. L'amiral fut étonné du sérieux des questions, les premières de l'espèce qu'on lui eût faites. Après lui avoir répondu, il lui exposa le sujet de son chagrin.

« Vous ne voyez pas en plein jour », lui dit le questionneur, « n'avez-vous pas donné à l'empereur trois hommes importants, surtout Quick qui le coiffe ? Vous cherchez bien loin ce que vous avez dans vos mains. » Et il le quitta.

Il faut que la fierté anglaise ait d'abord été un peu blessée de la voie subalterne qu'on lui suggérait ; car il fit une réflexion héroïco-philosophique, qu'« il n'y a rien de bas pour qui sert sa patrie ». Il alla donc trouver Quick, son valet de chambre, à qui par un reste d'habitude il parla en maître. Quick répondit en indépendant.[34] L'amiral mit du moelleux dans son ton, qu'il orna d'une boîte d'or. Quick promit tout, et tint parole. Le troisième jour, il apporta l'ordre signé. Mais il se trouve souvent des difficultés où l'on n'en voit plus. Dès qu'on voulut mettre la cognée à un arbre, l'intendant des forêts en marquait un autre qui ne convenait pas. L'amiral montrait son ordre, et s'en tenait à la lettre. L'intendant en expliquait l'esprit. Deux mille agatines les ramenèrent au même sens ; et tout fut disposé pour le radoub. Après quoi, l'amiral dans son loisir se livra aux spéculations sur l'île Frivole.

Elle est située par le 45e degré 8 minutes de latitude méridionale, et par le 220e degré 17 minutes de longitude en comptant depuis le méridien de Ténériffe.[35] Elle est fort élevée au-dessus du niveau de la mer, environnée ou peu s'en faut de hautes montagnes qui la mettent à l'abri des vents. L'air qu'on y respire invite au plaisir par sa douceur, et donne beaucoup de jeu au sang par sa subtilité. Elle a environ 600 lieues de diamètre.[36] Il y a trois grandes nations à l'ouest, qui n'en sont séparées que par un bras de mer. Le tout fait un monde à part.[37] L'amiral ne

---

[33] Un placet est une courte demande écrite que l'on adresse à une personne détenant un pouvoir pour obtenir justice, une grâce ou une faveur.

[34] La situation rappelle l'*Île des esclaves* de Marivaux (1725).

[35] Il s'agit du méridien de Ferro, qui correspond à la partie occidentale de l'île Del Hierro, la plus à l'ouest de l'archipel des Canaries. Celui-ci est le premier méridien partagé par les puissances européennes à partir du XVIe siècle.

[36] Ainsi, l'île Frivole a 3333 km de diamètre.

[37] L'île Frivole est-elle le miroir de la France ou de l'Angleterre ? Cette ressemblance géographique, quoique déformée, avec l'Europe de l'Ouest correspond bien au schéma narratif utopique.

parle que de l'île, et encore fort superficiellement : le temps a manqué à ses découvertes.

« J'apercevais », dit-il, « des phénomènes inconnus ailleurs : la terre aussi légère que la fleur de farine, les arbres sans solidité, les fruits plus faits pour flatter le goût que pour nourrir, d'autres travaillés dans les creusets d'une nature chimiste, et qui ne flattent que les yeux, le vin dépouillé d'esprits, la chair usuelle peu substantieuse, et en général tous les animaux n'ayant que le volume sans avoir le poids proportionnel ni la force. Partout enfin l'image de la nature plutôt que la nature. » Tout cela l'embarrassait beaucoup, et tout cela devait avoir une cause. Ces amiraux anglais sont singuliers. Je crois bien, comme nous l'assurons tous, qu'ils ne nous valent pas à la tête d'une flotte ; mais ils ont la vanité d'être physiciens, géomètres, astronomes, et tout ce qu'on voudra. Celui-ci pèse l'air, analyse la qualité de la terre ; il examine les souffres, les sels, les huiles, les sucs qui donnent l'être aux végétables dont il cherche les rapports avec les animaux qui s'en nourrissent. Il creuse à l'anglaise. Eh bien ! Qu'il creuse tout seul, tandis que nous regarderons le tableau de la capitale qu'il a croqué.

« La ville de l'Esprit est aussi grande que Londres. On y compte un million d'habitants. Elle en contiendrait deux si elle n'était pas coupée par quantité de jardins et de vastes bâtiments où l'on ne multiplie point. On n'y travaille pas plus. Les familles qui les habitent sont uniquement chargées de réciter des prières pour ceux qui travaillent.

« La ville est traversée par un fleuve. On a bâti sur les ponts, où l'on aime mieux voir des magasins de luxe que de promener ses yeux sur la longueur de ce beau canal.[38]

« Il faut », dit l'amiral, « qu'avant le débarquement des Français, il y ait eu un siècle où les Frivolites tentèrent déjà de sortir de leur barbarie : mais vraisemblablement, les génies qui voulurent les en tirer n'étaient pas au ton général de la nation. Ils plantèrent des avenues, ils construisirent des portes triomphales, ils commencèrent des quais, ils bâtirent des places, ils désignèrent des fontaines publiques, ils élevèrent des édifices à la vertu et aux sciences. Ils ne firent pas tout, et ce qu'ils n'ont pas fait est encore à faire.

« Parmi plusieurs monuments d'architecture qu'ils ont laissés, il en est un qui étonne par la composition, l'harmonie, la hardiesse et la grandeur de ses parties. C'est un palais que les Frivolites reverraient tous les jours avec plaisir, s'il n'était que joli ; mais il est beau, ils l'ont masqué ; et quoiqu'il fût destiné à loger leur souverain, il n'est pas encore couvert.[39] Il reste aussi de ce siècle trop sérieux des

---

[38] Les ponts unissant les deux rives de la Seine à Paris étaient généralement couverts d'habitations. Celles du pont Notre-Dame ne seront démolies qu'en 1786. Le pont Neuf en était dépourvu, mais on y trouvait de nombreuses boutiques.

[39] Les polémiques sur l'état de délabrement du Louvre, abandonné par Louis XIV au profit de Versailles, se multiplient au XVIIIe siècle, et de nombreux critiques comme Lafont de

tableaux, des statues, des poèmes et des pièces d'éloquence où la nature est trop bien rendue pour plaire longtemps. Les pères, séduits par la nouveauté, admirèrent peut-être tous ces chefs-d'œuvre ; mais les enfants ont des bijoux de toute espèce, des cabinets élégants, des équipages miraculeux.

« Il est peu de villes au monde où les arts mécaniques soient si agréables. Les artistes ont bien profité des leçons de la colonie française, trop profité, car ils outrent tout pour contenter la nation. Ils s'épuisent en précieuses bagatelles, en cent petits meubles, en mille jolis riens de peu de durée. Les manufactures fournissent des étoffes volatiles, qui n'ont que quelques représentations.[40] Un ouvrier qui ne donnerait que du bon n'aurait pas de pain.

« Il est peu de villes aussi, il n'en est point, où les beaux-arts soient si jolis. La peinture néglige la force et l'expression pour se parer d'un brillant coloris : elle plaît surtout lorsque sous des traits mignons, elle s'enchâsse dans de jolies boîtes. Les morceaux de force qui lui échappèrent autrefois passent à une nation voisine qui n'a pas les yeux faits pour les grâces. La poésie dans ses fureurs tragiques ne s'avise pas d'exciter la terreur et la pitié, ni d'inspirer ces vertus féroces qui sauvent les États. C'est une coquette qui amuse par l'éclat de sa parure et la galanterie de ses propos, qui se fâche pour le plaisir de se fâcher, et qui pleure pour rire. L'éloquence n'est pas un torrent qui entraîne ; c'est un ruisseau qui murmure sous des fleurs ; et l'histoire s'habille en roman. »

L'amiral fait ici une réflexion. Et quand n'en fait-il pas ? Ce n'était pas son dessein d'écrire pour nous, mais pour sa nation. Il pense que les femmes frivolites ont donné le ton aux arts. On veut leur plaire comme elles plaisent par des minauderies, des couleurs empruntées et des grâces factices.[41]

Les sciences à leur tour ont voulu s'ajuster ; elles n'y ont pas encore réussi. Les talents les éclipsent toujours. Le général Cracherode entendit une oraison funèbre : c'était celle d'un chantre à cadences perlées. L'orateur, après une artillerie d'antithèses, le mit au-dessus du plus grand philosophe de l'île. Le lendemain, le capitaine Saunders se trouva chez un homme d'État qui venait de s'enrichir en veillant au bien d'une province. Il y vit un maître à danser qui s'était fait beaucoup prier pour communiquer ses grâces à l'héritier de la famille. On lui offrit un certain prix. « Me prenez-vous », dit l'homme à talent, « pour un maître

---

Saint-Yenne (*L'Ombre du grand Colbert, le Louvre et la ville de Paris, dialogue*, 1749) déplorent son inachèvement et les nombreuses constructions qui le masquent.

[40] Colbert avait imposé un contrôle rigoureux de la qualité des étoffes. Ces réglementations sont contestées au XVIIIe siècle (parallèlement au corporatisme) par les partisans d'un certain libéralisme commercial, comme Vincent de Gournay, selon lequel le prix et la qualité devraient être régis par la dynamique entre l'offre et la demande plutôt que par l'État. *L'Éloge de M. de Gournay* de Turgot (1759) détaille les principes du laisser-faire commercial défendus par l'économiste.

[41] Dans l'*Année merveilleuse* (1748), qu'il a empruntée à Swift, Coyer critique l'effémination générale de la société, tout en montrant ses effets bénéfiques pour le commerce et la paix.

de physique ? » Il disparut sans révérence. Vint sur la scène un autre talent, un grand garçon bien fait, le fouet à la main. « Vous me convenez assez », lui dit le seigneur, après avoir examiné sa taille et sa figure ; « voyez si 200 agatines vous conviennent. » « 200 agatines à moi », reprit le cocher, « pour vous mener brillamment, et pour former vos chevaux ? Gardez-les pour ce triste savant qui endoctrine votre fils. »

Les Frivolites appellent *triste* tout ce qui est *sérieux*. Ils n'oublient rien pour l'égayer. Ils savent qu'il faut lire ; mais les livres doivent amuser sans qu'on y pense. Les auteurs du temps montent leur esprit sur ce ton. L'amiral donna l'aumône à un sot qui avait fait un excellent livre sur les devoirs d'un souverain patriote.[42]

Ils ont des tribunaux de justice en quantité. Le grand tribunal a son sanctuaire en commun avec des vendeuses de romans et des marchandes de modes.[43] On voit au rang des juges une jeunesse fleurie qui n'a pas encore la libre disposition de son patrimoine. On craindrait qu'elle ne le dissipât en équipages et en soupers fins.

Ici, l'amiral nous ramène à ses vaisseaux. Un mois s'était écoulé, et il en fallait deux autres pour achever le travail, d'autant plus qu'il fallait construire un navire de ravitaillement pour remplacer la pinque Anne.[44] Mais comment subsister ? Et comment acheter les provisions pour l'embarquement ? Les agatines qu'il avait tirées du trésor touchaient à leur fin, et il n'avait plus de rubans. À la vérité, il lui restait des dentelles ; mais il se souvenait des menaces du grand contrôleur, dont il craignait le crédit à la cour. Il apprit bien dans cette conjecture à estimer des talents sur lesquels il n'avait pas compté en quittant l'Angleterre. On lui avait demandé plusieurs fois des maîtres à danser et des leçons de flûte. Ce n'est pas que la danse et les instruments du pays n'eussent leur mérite. Mais tout ce qui était nouveau et surtout ce qui avait pris à la cour était supérieur. Il avait résisté aux sollicitations, parce qu'il avait besoin de tout son monde pour les travaux de l'escadre ; mais il était encore plus nécessaire de vivre, sauf à[45] prolonger le séjour.

Il choisit donc cinquante sujets parmi ceux qui avaient quelque teinture des deux talents ; et après huit jours de répétitions, il les livra à l'utilité publique et à

---

[42] Henry St John Bolingbroke a écrit un ouvrage intitulé *The Idea of a Patriot King*, paru en 1740–49. L'ouvrage a été traduit en français par le comte de Bissy, en 1750. Il était bien connu des philosophes (dont Voltaire) et des libéraux depuis son exil en France en 1715. Ses idées sur le patriotisme étaient discutées au sein du cercle de Gournay.

[43] Les galeries du Palais de justice de Paris abritaient du XVIe au XVIIIe siècle de très nombreuses boutiques de luxe et de libraires.

[44] Une pinque est un « bâtiment de charge fort plat de varangue » (*Dictionnaire de l'Académie française*, 1762) ; la varangue étant une pièce de charpente du fond d'un navire. Dans le récit de Richard Walter, la pinque Anne est arrivée deux mois après le Centurion d'Anson au point de rendez-vous des îles de Juan Fernandez, après que les vaisseaux de l'escadre eurent été dispersés par une tempête.

[45] Dans le sens de « quitte à ».

la subsistance de la flotte. Qu'on ne s'imagine pas que l'amiral regardât faire les bras croisés. Il eut pour élève en fait de danse le fils d'un général d'armée. « Je voyais venir », dit-il, « dans la maison un maître de géométrie, et j'avais honte, en donnant beaucoup moins de temps, d'être payé au triple. » Calcul fait, le produit des leçons devait suffire à la nourriture de l'escadre ; et il lui vint une autre ressource pour acheter les provisions de l'embarquement.

L'empereur s'impatienta un jour sous l'opération de la frisure : un concert l'attendait. Ce moment d'humeur alarma la cour. On se rappela la perruque du capitaine Mitchell. Sa Toute-Élégance en demanda une à l'illustre Quick. Quick profita de la conjoncture pour remettre son ancien maître en faveur. Il dit au monarque que ce qu'il demandait était un effort du génie européen ; qu'à la vérité, lui Quick était bon pour l'exécution ; mais que pour le plan, il fallait le chercher dans la tête de l'amiral. L'amiral fut mandé après une instruction secrète du généreux Quick. Cependant, avant tout, il crut devoir prévenir le grand contrôleur des modes, afin de ne pas s'exposer à son ressentiment.

« L'empereur me demande une perruque », lui dit-il.

« Une perruque ! » répliqua vivement l'officier de la Couronne, « savez-vous que parmi les nouveautés que je réservais à cette nation qui s'amuse et qui s'ennuie rapidement de tout, celle-là tient le premier rang ! Par tous les Cieux ! » Il allait éclater.

« Mettez-vous à ma place », répondit doucement l'amiral, « il s'agit de notre subsistance. Je n'ai plus ni rubans, ni agatines. Il est vrai qu'il me reste des dentelles, mais vous m'en avez interdit toutes ces ressources... »

« Des dentelles ! », reprit le Contrôleur en se calmant ; « eh bien livrez-les-moi, et je vous abandonne la gloire et le profit de la perruque. »

Il y avait longtemps qu'il avait tenté de donner des dentelles à la nation ; mais n'ayant pas de modèle à montrer, elles étaient encore à naître. Les ouvriers de l'île n'ont pas l'esprit créateur ; ils enjolivent seulement ce qui est créé. L'amiral accepta la proposition, et la perruque impériale parut le huitième jour sur la tête du monarque, qui fonda sur le champ une école d'élèves pour satisfaire à l'empressement du public, du public du bon ton, qui n'osait plus se montrer en cheveux. Il ne s'en tint pas là.

Nous avons dit que l'île Frivole avoisine trois grands États. Il est arrivé plus d'une fois qu'après de longues guerres elle en a reçu des conditions de paix très dures. Mais jamais rien n'a pu affaiblir un droit qu'elle s'est acquis sur eux, celui de régler la forme de leurs habits et tout leur ajustement.[46] Le monarque fit partir

---

[46] Voir Montesquieu, *Lettres persanes*, lettre C : « [Les Français] veulent bien s'assujettir aux lois d'une nation rivale, pourvu que les perruquiers français décident en législateurs sur la forme des perruques étrangères » (*Œuvres complètes de Montesquieu*, 3 vols (Londres [Paris?] : Nourse, 1767), III, 199).

trois perruques, c'est-à-dire trois modèles à suivre pour les trois États,[47] et le trésor se rouvrit pour l'amiral, qui poussa ses recherches sur les mœurs des Frivolites.

« Il n'est point de nation qui ait des mœurs si élégantes. Il est étonnant », ajoute-t-il, « qu'en si peu d'années, ils aient surpassé les Français. Ils auraient peut-être dû s'en tenir aux leçons de leurs maîtres ; mais en fait d'élégance, leur imagination est trop vive pour s'arrêter.

« Entrez dans un cercle avec un air brillanté et un habit de goût, on vous accueille avec toutes les grâces. La compagnie sentait qu'il lui manquait quelque chose, c'était vous. Vous vous trouvez des perfections dont vous ne vous doutiez point.

« Les Frivolites, pour vous accorder leur amitié, ne vous demandent pas des vertus, mais des agréments. On vous suppose toujours honnête-homme ; mais prouvez bien que vous êtes joli-homme. Avez-vous besoin de leurs services ? Priez-les, ils vous supplient d'ordonner ; et vous avez toujours la consolation de les voir furieux de n'avoir rien fait. » L'amiral comptait sur un protecteur qui l'avait comblé de belles paroles ; il y eut recours. « Voilà tout ce que je puis pour vous », dit l'important en tirant son flacon : ce flacon était plein d'une eau qui se distille et se bénit à la cour. Tout le monde poli se pique d'en avoir, surtout les grands, et ils en distribuent libéralement à qui en veut.

Les grands ne se ressemblent pas partout. Un homme à qui bien des gens viennent souhaiter le bonjour et qui ne le souhaite à personne, qui voit beaucoup d'étoffes et de bijoux dans sa matinée, qui fait répéter aux glaces des magots de grand prix, qui a quantité de chiens et de chevaux, qui fait de grands repas dans un salon bien verni, et qu'on applaudit toujours, cet homme est appelé grand chez les Frivolites, et on lui doit de grands respects, de la politesse aux autres.

Elle est l'âme des Frivolites, la politesse. Il vaudrait mieux avoir trahi son ami que d'estropier un compliment. Un homme vraiment poli a un bonnet pour ne jamais se couvrir, il dessine bien une révérence, et n'appelle pas sa femme, *ma femme*. S'il ne faisait pas tout cela, il aurait beau être liant, attentif, complaisant, il ne serait pas poli. Pour l'être, il faut encore observer scrupuleusement tous les titres. Ils ne disent pas seulement, en parlant de l'empereur, « sa Toute-Élégance a ouvert le bal » : c'est également sa Toute-Élégance qui *éternue*. Un insolent s'avisa de dire à un ministre *vous êtes un sot*. Tout le monde fut indigné de ce qu'il n'avait pas dit : *votre Éclatante Lumière est une sotte*.

---

[47] Les modes françaises circulaient, grâce à différents moyens (presse, voyageurs, correspondance), à travers l'Europe et étaient souvent adoptées par les cours étrangères. Les « poupées de modes » servaient aussi à cette fin. Le *Dictionnaire universel du commerce* de Jacques Savary des Bruslons, 4 vols (Amsterdam : Jansons, 1726–30), II (1726), 1211, les décrivait ainsi : « Ce terme s'entend [...] plus ordinairement de ces figures proprement habillées et coiffées, soit d'hommes, soit de femmes, qu'on envoie dans les pays étrangers pour y apprendre les modes de la cour de France. »

Ils observent les décences avec autant de rigueur. Un homme en place qui vole en grand est en grande considération ; si avant sa fortune il eût pris quelques agatines sur un chemin, on aurait puni l'indécence. Une beauté pardonne tout à un téméraire, hors les expressions peu délicates. Un mari ne prétend pas gêner le cœur de sa femme ; mais il éclaterait si ses amusements n'étaient pas décents. À l'arrivée de l'amiral, on formait un établissement où le sexe subalterne pourrait perdre sa vertu avec décence.

Chez les Frivolites, comme en Europe, on parle beaucoup de mérite. Il faut des hasards singuliers pour en tirer parti ; mais c'est un point bien décidé qu'il est plus avantageux d'être goûté. Ceux qui le sont ne savent à quoi ils le doivent : au tour de leur visage, à leur maintien, ou à leur façon de rire. Parmi les sujets qui réussissent, l'un se met bien, celui-là est beau joueur, l'autre conte joliment. On ne serait point surpris de voir un courtisan disgracié parce qu'il aurait l'air gauche.

Il n'en est pas de l'honneur comme du mérite. Il en faut absolument, et ils en mettent partout. Ils n'ont pas le plaisir, mais l'honneur de vous voir, de vous parler, de vous servir, et de ramper sous les titres. Ils ont pour les pupilles des tuteurs d'honneur, dans les tribunaux des conseillers d'honneur, dans les hôpitaux des économes d'honneur, et toutes les femmes attachées à la cour sont dames d'honneur. Les professions élevées rougiraient de faire payer leur travail au public ; mais elles acceptent de grands honoraires. La noblesse surtout excelle en honneur. Un noble frivolite qui aura eu le malheur d'être mauvais mari, mauvais père, citoyen inutile, se ressouvient toujours de l'honneur pour le recommander à son fils ; et le fils comme le père a grand soin de ne tenir que sa parole d'honneur, de ne payer que ses dettes d'honneur et de tuer quelquefois par honneur. Les femmes ont leur honneur à part. Elles ont de si grands principes pour le conserver, qu'on les a encore rendues dépositaires de celui de leur mari. Cependant, les femmes du haut style ont refusé le dépôt, parce qu'elles sont sujettes à des vapeurs qui leur donnent des distractions.

L'honneur fait des guerriers. C'est la capitale qui fournit les officiers généraux. On prend un soin tout particulier de leur éducation. Un jeune seigneur que l'on destine au commandement doit avoir le meilleur tailleur, le parfumeur le plus exquis, l'équipage le plus brillant, la livrée la plus leste ; il doit jouer beaucoup, danser souvent, être à tous les spectacles, et imaginer quelque chose sur l'habillement de la première troupe qu'on lui confie.

Cette élégance de mœurs si répandue dans le beau monde a passé au peuple. Une marchande mêle à son commerce des manières, des propos, des grâces qui séduisent les bourses. L'artisan s'est poli avec ses ouvrages. Le domestique sait qu'on le prend bien moins pour le service utile, que pour le service brillant : il s'y ajuste ; et lorsque du derrière du carrosse il passera dedans, il ne sera pas déplacé. Il faut être bien familier avec les visages pour ne pas se méprendre entre la femme qui sert et la maîtresse qui est servie. Les arts d'agréments, la danse, la musique, la parure sont descendus à tous les étages. Encore quelques nuances, et il ne manquera au peuple, pour être bonne compagnie, que de pouvoir dire *mes gens, mon hôtel, mes terres, mes aïeux.*

Les Frivolites ont porté cette élégance de mœurs jusqu'au sein de la religion. La bonne compagnie va quelquefois dans les temples pour passer le temps. Elle s'y occupe à se saluer, à se regarder, à décider[48] les visages et les étoffes jusqu'au moment de l'instruction.[49] Le chapelain Richard Walter dit qu'il y amusa ses yeux et ses oreilles. L'instructeur débuta par un compliment au grand-prêtre de la capitale, et des révérences à l'assemblée. Après quoi, il prononça un discours très fleuri sur des vertus si déliées, qu'elles ne donnaient aucune prise. Ils adorent le Soleil ; ils voudraient bien l'aimer, mais la façon les embarrasse. Lui doivent-ils de l'amour à cause qu'il les échauffe et les éclaire, ou parce qu'il est chaud et lumineux en lui-même ?[50] C'est une dispute de cent ans. Ils ont proscrit la polygamie, parce qu'il n'y a qu'un Soleil et qu'une Lune ; mais un mari sait bien qu'il doit tâcher de plaire à plusieurs femmes, et les femmes auraient un air bien sauvage si elles s'en fâchaient. Un dogme capital de leur religion, c'est de condamner toutes les autres. Cependant, Richard Walter se laissa saisir à l'esprit de conversion : il entreprit celle d'une beauté de la cour, qui avait quelquefois des caprices de vertu, et qui par un air de philosophie mêlé aux grâces donnait le ton aux beaux cercles. Il y avait surtout deux obstacles à vaincre : il fallait la désabuser sur la divinité du Soleil, il y réussit ; la détacher de dix amants à qui elle était fidèle, il en vint à bout. « Que vous allez être heureuse », s'écria-t-il, « arrachez donc vite ce *zirphos*[51] qui vous dévoue à l'erreur ! » C'était l'image du Soleil, qui fut autrefois un signe de religion, mais que l'esprit de la nation a tourné en ornement galant. « Que dis-tu, malheureux ! », reprit la catéchisée. « Mon *zirphos* ! L'éclat de ma parure ! Tu m'arracherais plutôt mon existence. » Dès ce moment, tout fut dit, rien ne se fit.

Au reste, leur conversation est aussi élégante que leurs mœurs. Elle ressemble à leurs boutiques de modes. C'est une broderie sur de jolis riens, une garniture d'équivoques, une bigarrure de questions qui n'attendent pas les réponses, un assortiment de plaisanteries dont on rit toujours par provision, sauf à chercher après de quoi l'on a ri. « Je ne pouvais m'empêcher moi-même », dit l'amiral, « de

---

[48] Ce verbe « s'emploie encore neutralement pour dire porter son jugement avec trop de présomption et de confiance » (*Dictionnaire de l'Académie française*, 1762).

[49] « Instruction » s'emploie à propos des procès ; dans le cadre d'une cérémonie religieuse, il peut s'agir du prêche ou du sermon qui se fait sur un passage de la Bible.

[50] Ce passage évoque les multiples querelles autour de la notion de grâce, cause de divergence entre les catholiques et protestants au moment de la Réforme et sur laquelle les jansénistes ont tenu des positions jugées hétérodoxes. Coyer a été formé et ordonné chez les jésuites, mais il a quitté l'ordre en 1739. Plusieurs philosophes, et en particulier Voltaire, ont souvent moqué les querelles ecclésiastiques et leurs arguties.

[51] « Zirphos » semble être un mot composé par Coyer. Peut-être est-ce un assemblage de zircon (le minéral) et de *phos*, lumière en grec ?

sourire à leurs gentillesses toujours vives et légères, parce qu'ils ne promènent leurs idées que sur les surfaces.

« Si les mœurs des Frivolites sont si élégantes, la nature », ajoute-t-il, « leur a donné des sensations à part. La beauté a des droits partout ; mais dans la ville de l'Esprit elle tourne toutes les têtes. C'est une comète qu'on observe, qu'on suit dans tous ses mouvements, qu'on intercepte dans sa course ; on ne voit qu'elle, on ne parle que d'elle. »

Il est de petits sièges à la cour fort peu commodes, et très goûtés : on a vu manquer de grands mariages, parce que l'épouse n'aurait pas le plaisir de s'y asseoir.[52]

Ils aiment l'apparence des richesses, plutôt que les richesses. Qu'après avoir sondé leur bourse, ils n'y trouvent pas de quoi prêter à un ami, ils s'en consolent en lui montrant un meuble de goût.

Ils ne demandent pas si l'année sera abondante, si le commerce s'étend, s'il y a de grands magistrats, de grands ministres : ils courent à une nouvelle garniture de cheminée, ils soupirent après un ballet.

Ils mettent toute leur ville en fête pour une victoire qui les ruine ; et ils ne donnent pas un signe de joie pour une bonne loi qu'on propose. Ils aiment passionnément leur souverain ; ils l'admirent encore plus. Ils comptent ses gardes, ses officiers, ses équipages, ses châteaux, les diamants de sa couronne, et jamais ses bienfaits. Si on leur disait qu'il est une cour plus sage dans ses vues, plus profonde dans sa politique, ils écouteraient froidement ; mais si on ajoutait qu'il en est une plus brillante, il faudrait se couper la gorge avec eux. On ne les entend jamais dire qu'ils servent l'État ; mais ils répètent sans cesse que leur fortune, leur vie, tout leur être est à l'empereur. Un citoyen qui dirait bien sérieusement qu'il est beau de mourir pour la patrie se donnerait un ridicule.

Le ridicule les amuse toujours supérieurement. Arriva l'ambassadeur d'une nation voisine, l'une de celles qui avaient reçu les perruques. Il demandait aux Frivolites de renoncer à une branche de leur commerce, ou de se résoudre à la guerre. Ce fut un grand bonheur pour lui et pour la nation qui l'envoyait d'avoir un nez trop long et une perruque qui le coiffait mal. On saisit ces deux ridicules, on s'en entretint beaucoup, on en rit encore plus, et dans l'accès de cette belle humeur, on le renvoya content.

Quelquefois leurs sensations sont si fortes qu'elles troublent le repos public : l'amiral en fut témoin. Un ministre du Soleil fut accusé d'avoir séduit une vierge

---

[52] Les « tabourets » et « pliants » faisaient partie du mobilier de la cour de Versailles, et leur usage reposaient sur des codes de distinction hiérarchiques. Voltaire écrira dans l'article « Cérémonies » des *Questions sur l'Encyclopédie* : « Le fauteuil à bras, la chaise à dos, le tabouret, la main droite, et la main gauche, ont été pendant plusieurs siècles d'importants objets de politique, et d'illustres sujets de querelles » (*Œuvres complètes de Voltaire*, 39 (2008), 557).

par la magie.[53] On n'y croyait plus ; la moitié de l'île y crut. Tout prit parti pour ou contre. On eût dit que le salut de l'État était attaché à la virginité de cette fille et à la continence du ministre. Peu de temps après, une actrice qui plaisait disparut du théâtre ; mille cris la redemandèrent ; les hommes juraient de quitter leurs emplois, et les femmes de ne pas revoir leurs maris, qu'on ne l'eût rendue. Cependant, les révolutions y sont peu à craindre. Une fantaisie d'agrément qu'on imagine à propos, une chanson nouvelle peut les apaiser.[54]

Dès qu'on connaît les sensations et les mœurs des Frivolites, on ne doit plus être surpris de certains usages. C'en est un de s'aimer beaucoup au commencement de chaque année. On se cherche, on se complimente, on se fait des présents. Ce serait la ville du monde la plus commerçante, si la passion des étrennes durait toujours.[55]

Une femme le jour de ses noces suspend sa dot à son cou et à ses oreilles ; et le mari meuble la maison supérieurement en vendant une terre.

On voit dans les antichambres et derrière les carrosses un choix de la jeunesse de l'île, qui ruine magnifiquement ses maîtres. Les provinces regrettent deux cent mille artisans et laboureurs ; qu'en feraient-elles si on les leur rendait avec les mœurs de la capitale ?

Il y a une noblesse pauvre : c'est un usage qu'elle le soit toujours ; le commerce pourrait l'enrichir, mais il la déshonorerait.[56]

---

[53] Le père Jean-Baptiste Girard, jésuite, fut accusé par Catherine Cadière de séduction, d'inceste spirituel, de magie et de sorcellerie. Le père Girard a été acquitté d'une voix, mais la vindicte populaire l'a poussé à fuir dans la ville de Lyon. Le procès, conduit au parlement d'Aix, a été célèbre dans toute l'Europe. Le marquis d'Argens, dans sa *Thérèse philosophe, ou mémoires pour servir à l'histoire du Père Dirrag et de Mademoiselle Éradice* (1748), a imaginé les véritables motifs et les multiples détails de cette fameuse histoire.

[54] Le lieu commun de la légèreté des Français est connu depuis *La Guerre des Gaules* de César, qui associait déjà leur goût pour le changement dans les habits à l'instabilité politique qui régnait dans la province. Reprenant le motif dans l'angle de la formule de Juvénal (« panem et circenses »), La Bruyère écrira au contraire que « c'est une politique sûre et ancienne dans les républiques, que d'y laisser le peuple s'endormir dans les fêtes, dans les spectacles, dans le luxe, dans le faste, dans les plaisirs, dans la vanité et la mollesse ; le laisser s'emplir du vide et savourer la bagatelle : quelles grandes démarches ne fait-on pas au despotique par cette indulgence ! » (*Caractères*, Du Souverain et de la République, IV.) Cette stratégie n'est cependant pas vue comme une exclusivité républicaine, comme en témoignera plus tard Louis Sébastien Mercier, par la bouche de Rétif de la Bretonne : « Il entrait dans les projets de la cour de Versailles de frivoliser de plus en plus le Parisien par des modes, par des bals et des spectacles enfantins » (*Néologie* : [s. n.] 1801).

[55] Voir la note 14.

[56] Contrairement à l'Angleterre, la noblesse française, qui devait se dévouer à la chose militaire, était interdite de commerce, sous peine d'être déchue de ses titres, et la possibilité d'assouplir ces règles était régulièrement débattue en France. C'est ce débat que Coyer a ranimé par la publication de sa *Noblesse commerçante* en 1756, qui a provoqué une importante querelle littéraire où se sont multipliés les pamphlets et les brochures.

L'ordre des juges est fort nombreux. Un aspirant est examiné bien sérieusement. La première question qu'on lui fait, c'est sur le nombre des agatines qu'il possède : s'il répond bien à celle-là, il est sûr de satisfaire à toutes les autres. C'est un usage de se faire juger dans plusieurs tribunaux sur la même affaire. Il faut la commencer dans sa jeunesse si on veut en voir la fin. « Je plaignis beaucoup », dit l'amiral, « un malheureux qui venait de gagner un procès. » Il s'agissait d'un champ, mais le champ ne suffisait pas pour payer l'homme de loi qui avait instruit l'affaire. Ses pièces d'écriture auraient couvert le champ ; or, il est décidé qu'un pied carré d'écritures contentieuses vaut plus qu'un pied carré de terre. Souvent la fortune d'un particulier dépend de la couleur du papier qui contient son titre : il serait nul s'il n'était pas couché sur un papier couleur de lilas.

La religion a plus de ministres qu'on ne voit de marchands à la Bourse de Londres. La plupart sont fort jeunes afin de ne pas effrayer les profanes qui viennent demander des conseils de sagesse. La leur est renfermée dans un cercle bien déterminé. Qu'ils soient fidèles à la forme de leurs vêtements et à la mesure de leurs cheveux, qu'ils chantent des hymnes au Soleil aux heures marquées, et surtout, qu'ils protestent toujours qu'une belle femme n'est pas aimable, ils peuvent suivre leurs goûts dans tout le reste.

Il en est parmi eux qui sont environnés de l'éclat des richesses ; ils n'en font pas de cas, mais ils craindraient de tomber dans le mépris de la nation, s'ils ne décoraient pas leurs vertus. On compte plus de deux mille temples où l'on a prodigué les autels et les petits ornements. On voit souvent l'autel du Soleil abandonné, tandis que ceux des planètes et des constellations sont entourés d'adorateurs.

C'est dommage que l'amiral n'ait pas eu plus de temps à perdre dans l'île, nous aurions eu une anatomie plus exacte de cette nation singulière. Le travail de l'escadre s'achevait, les vaisseaux étaient radoubés, le navire d'avitaillement fini, les provisions embarquées. On n'attendait que le vent pour mettre à la voile, et il était temps. L'amiral pendant sa longue et terrible navigation, avait travaillé sans cesse à élever l'âme de son escadre : les mots de *patrie*,[57] de *liberté*, de *grandeur anglaise*, d'*immortalité*, à force de frapper les oreilles, avaient passé dans les cœurs. Il n'y avait pas un soldat, pas un matelot qui ne se regardât comme environné de la Chambre des Communes, et qui ne crût voir les yeux de l'Angleterre tournés sur lui.

Telle était la situation des âmes lorsqu'ils entrèrent dans l'île ; mais leur commerce avec une nation si fleurie, et peut-être les aliments qui travaillaient sur leur constitution, les avaient bien changés. Ils n'étaient plus d'humeur à chercher des dangers ou des ennemis, à vivre dans la peine ou à mépriser la vie ; et ils

---

[57] Coyer a publié en 1755 *Deux dissertations pour être lues, la première sur le vieux mot de patrie, l'autre sur la nature du peuple.*

J. Mason, 'A view of Cumberland Bay at the Island of Juan Fernandez', *A Voyage round the world*. Bibliothèque nationale de France, Gallica.

commençaient à rire avec les Frivolites de toutes ces vertus mâles qui fondent, augmentent et perpétuent les États libres. L'amiral ne s'en apercevait que trop et il pressait l'embarquement. Il eut son audience de congé. L'empereur ne consentit au départ qu'à une condition : qu'il laisserait dans l'île quatre hommes au choix de sa Toute-Élégance. L'amiral frémit mal à propos, mais on craint toujours pour ce qu'on veut le plus conserver. Il appréhendait que le choix ne tombât sur les capitaines ou les pilotes. Il fut bientôt rassuré. Les élus furent les trois friseurs qui poussaient vivement l'honneur de la perruque et des chignons de toute espèce. Le quatrième fut un soldat mécanicien qui allait à l'immortalité par une invention admirable : un *équipage d'été* où des soufflets intérieurs enfantaient des zéphires toujours rafraîchissants.

Cependant, le vent favorable se faisait encore attendre ; et en l'attendant, l'escadre désœuvrée parcourut les environs de la capitale. Quelques matelots s'écartèrent sur une chaîne de montagnes où les terres étaient brûlées, sans arbres, sans herbes, semées de pierres cristallisées et de marcassites où les veines d'or paraissaient.[58] L'amiral averti s'y transporta avec ses experts en mines. Il examina le commencement, la fin et la qualité des marcassites, il fit fouiller en plusieurs

---

[58] La marcassite était considérée comme « une pierre minérale dans laquelle se trouvent les métaux » (*Dictionnaire de l'Académie française*, 1694). Il y avait des marcassites d'or, de cuivre, etc., qui indiquaient la présence de veines de ces métaux.

endroits, il prit la position juste du terrain et revint à l'escadre. La joie s'y était répandue ; toutes les imaginations étaient au fond de la mine, on y trouvait des trésors immenses, on estimait déjà le temps pour les tirer. Le séjour dans cette île délicieuse en devenait plus long ; savait-on même si on la quitterait ? Ou, s'il en fallait enfin partir, on partirait du moins chargé de richesses que les insulaires ne disputaient point, n'en connaissant pas le prix. Ce n'était pas l'idée de l'amiral. Il imposa silence sur la mine, et c'est dans ce moment qu'il fit jurer de ne pas révéler l'île Frivole, après avoir défendu sous peine de la vie de quitter le bord.

Jamais les délices de l'île ne se peignirent à nos marins si vivement. La consternation fut générale, elle n'avait pas été si grande dans les horreurs des tempêtes. Il y eut même pour la première fois des plaintes et des murmures. Mais l'amiral, outre la force du commandement, avait cette autorité naturelle que donnent les grandes vertus, et il se flattait bien, dès qu'il aurait remis en mer, de rendre à ces âmes affaiblies leur première vigueur. Le lendemain un vent d'ouest souffla. Il mit à la voile pour aller prendre Paita,[59] ville du Pérou où les Espagnols se croyaient bien en sûreté. On peut lire dans l'histoire de son voyage le reste de ses expéditions qui ne sont pas de mon sujet.

Mais je demande permission de réfléchir à la hâte. Un accès de citoyen me saisit. Cela arrive assez naturellement en parlant de l'esprit anglais. L'amiral Anson découvre dans un beau climat une nation facile à soumettre, et des mines d'or. Il exige un serment de silence, il en fait un secret d'État. Ne projette-t-il point de faire un jour cette conquête ? Et pourquoi ne la tenterions-nous pas ? Laisserons-nous toujours aux puissances maritimes le soin de découvrir et de conquérir ? Ne sommes-nous pas aussi maritimes qu'elles, puisque nous touchons la Méditerranée d'une main et l'océan de l'autre ? Prévenons les Anglais ; ou si la justice nous empêche d'envahir, ne pouvons-nous pas du moins établir un commerce légitime et très avantageux avec l'île Frivole ? L'amiral convient qu'elle ne met pas encore dans son luxe le goût qui règne à Londres ; mais le goût de Londres vaut-il les enchantements de Paris ? Quelle avidité n'auraient pas les Frivolites pour nos peintures des Gobelins,[60] nos vernis de Martin,[61] nos bijoux

---

[59] Paita est une ville située au nord du Pérou, fondée par les Espagnols en 1532 sous le nom de San Francisco de Payta de Buena Esperanza. Cette ville a été un temps la capitale de la région, mais elle était si fréquemment attaquée par les corsaires anglais, que les Espagnols ont dû déplacer l'administration plus loin dans les terres, à Piura. Dans le récit de Richard Walter, après une escale de ravitaillement et de regroupement à l'île de Juan Fernandez, l'escadre de l'amiral Anson a attaqué Paita et l'a prise.

[60] Les Gobelins étaient une manufacture royale fondée en 1667, où se réunissaient les tapissiers, brodeurs, bronziers, et ébénistes affectés au mobilier du roi. Les ateliers de tapisserie étaient célèbres. Le peintre Le Brun en fut le directeur, de 1662 à 1690.

[61] Les frères Martin ont mis au point, vers 1730, une imitation des laques de Chine et du Japon, moins coûteuse et permettant les arrondis. Ce procédé a eu un énorme succès, et tout fut vernissé : carrosses, meubles, lambris, boîtes, éventails, etc.

émaillés,[62] nos épées damasquinées,[63] nos étoffes de Lyon,[64] et tout ce monde d'ajustements qui distingue les hommes, et qui donne le prix à nos femmes ? Ne sommes-nous pas les vrais faiseurs[65] et les fournisseurs de l'Europe ? Savons-nous même si nos romans, nos comédies et nos opéras, qui se multiplient avec tant de succès, n'y formeraient pas encore une branche de commerce ? Rassurons pourtant les deux sexes. Nous ne porterons à ces Américains[66] que le superflu de notre superflu, et nous rapporterons leur or dont ils se passent fort bien.

Fin.

---

[62] Le procédé d'émaillage, qui consiste à recouvrir un support de métal ou de céramique d'une couche de pâte vitrifiée et colorée, est connu dès l'Antiquité, mais s'est particulièrement développé à Limoges dès le XIIᵉ siècle. Au XVIIIᵉ, les petits objets émaillés sont à la mode : tabatières, montres, boîtes, etc.

[63] Originaire de la ville syrienne de Damas, le damasquinage consiste en une fine incrustation de filets d'or ou d'argent dans un objet de métal. Le procédé était particulièrement employé pour les épées, dont le moirage résultant de la fusion du damasquinage, évoquait les « lames syriennes » et leur qualité réputée.

[64] Lyon était reconnue depuis la Renaissance pour la fabrication des soieries, et en particulier de ses tissus à motifs ou à décor. L'implantation d'innovations techniques dans les procédés de tissage permettant le changement saisonnier des motifs ont favorisé l'essor de la « mode » et imposant les productions lyonnaises sur le marché européen haut-de-gamme.

[65] Voir la note 16.

[66] Le projet semble paradoxal à la lumière des lieux communs circulant à l'époque sur l'« état de nature » des « bons sauvages ». Rousseau publiera son *Discours sur l'origine des inégalités parmi les hommes* en 1755, mais depuis Montaigne (*Essais*, « Des cannibales »), les « Américains », ou plutôt les idées qu'on veut bien s'en faire, servent de parangons aux Européens dans le cadre d'un discours sur la nature et la culture.

~

Presentation

Insensibly through length of time, our constitutions have acquired so just a
proportion with those of the natives of the island, that we live happily amongst
a people who may boast of the rosiest imaginations with which mortals were
ever blessed.
                    Coyer, *The Discovery and Description of the Island Frivola*

In the middle of the eighteenth century, an economic war took place between the
great maritime powers, those colonial empires in the making: the United
Provinces, England, the Iberian Peninsula, and France. The battle to control trade
routes would give the winner access to precious resources from America, Asia,
and Africa such as cotton, gold, silver, sugar, and manufactured goods from
China and Japan, and also to human beings reduced to slavery who were
considered an essential workforce in the running of colonial conquests. In the
heady days of mercantile opportunism, ventures aimed at compromising the
export trade of opposing powers together with plundering and piracy were readily
encouraged by states.

It was in these circumstances that Admiral George Anson chartered a large
fleet of seven ships and a crew of 1400 sailors and soldiers to attack Spanish
positions in South America and the Portuguese in China. The round-the-world
voyage of the admiral and his squadron, which began in September 1740 and
ended in June 1744, was a human disaster: only 188 sailors returned alive on a
single ship. Despite this, the rich plunder from piracy earned the admiral plaudits
and popular acclaim. His adventures around the world, which had been
punctuated by storms, disease, heroism, and patriotic outbursts, were quickly
translated and published throughout Europe, where the public received such
stories with great interest.

Notwithstanding their detail, these accounts fail to mention one particular
episode in the peregrinations of the admiral and his sailors: their discovery of the
Island of Frivola off the coast of Chile. This was a land populated by inhabitants
as shallow as they were exuberant, who lived in an excessively refined society,
who were fond of fashion and sophisticated elegance, and who condemned all
that was useful as being absolutely dull.

The description of this fabulous island and its inhabitants, which was published in French in 1750 under the title *La Découverte de l'île Frivole*, was presented as a translation of an English manuscript that circulated despite the admiral's orders to his crew to keep this particular episode of their adventures secret; the rich gold resources, neglected by islanders who boasted anything but strict mores, would be an easy target in a world driven by greed and troubled by wars and plunder. This tale, which is both cynical and playful, is in the tradition of *Gulliver's Travels* (1726), and provides a depiction full of biting irony in which neither the reputation of France nor that of England is spared. Rather, it highlights the vices and folly of both countries.

Its author, Abbé Coyer (1707–1782), is one of those unjustly forgotten writers with which the eighteenth century abounds. A defrocked Jesuit, a priest-cum-philosopher and a member of François de Gournay's circle, he is the author of some thirty works, several of which were considered frivolous by his contemporaries, whereas others caused controversy, for example, *La Noblesse commerçante*, which attacked the rules of derogation deemed harmful to trade, or *Chinki, histoire cochinchinoise, qui peut servir à d'autres pays*, which demonstrated through fiction the disadvantages of the old guild system before its reform in 1776 by Turgot. Coyer was elected to the Stanislas, London, and Rome Academies, but not the Académie française. He scandalized his fellow Freemasons at the age of seventy-two with a speech that was judged to be 'insulting' and 'indecent'. Later, in his will, he declared that he did not want to bequeath anything to the Church, which had 'given him nothing'. Coyer was not, however, marginal in terms of his political and literary positions. Although his *Histoire de Jean Sobieski* led him to be persecuted by the authorities, he was welcomed to Ferney by Voltaire, who considered him a 'brother'. For many reasons, Coyer, whose work is neglected today, certainly deserves to regain his place in the history of the Enlightenment.

1. Gabriel-François Coyer, moralist and economist

Gabriel-François Coyer's birth was registered on 18 November 1707 in the church of Saint-Martin in Baume-les-Dames, a small town in Franche-Comté.[1] Born into a family of merchant drapers, Coyer studied with the Jesuits in Porrentruy near the Swiss border, taking his vows at the age of twenty-four, only to be released from them eight years later, 'his love of freedom and peace' having prompted him to seek an exit from a society that he considered intolerant.[2] He became a 'priest

---

[1] On Gabriel-François Coyer's life, see Leonard Adams, *Coyer and the Enlightenment*, Studies on Voltaire and the Eighteenth Century, CXXIII (Oxford: Voltaire Foundation, 1974).
[2] *Essai sur la vie et les ouvrages de M. l'abbé Coyer,* in *Œuvres complètes*, 7 vols (Paris: Veuve Duchesne, 1782–83), I (1782), ii.

without priestly functions', increasing the number of young abbés, who after their training went to Paris to find their fortune.

Joseph d'Hémery, inspector for the Parisian book trade, produced a file on Coyer in his *Historique des auteurs*, indicating that he was 'of an ordinary size, with an unpleasant and elongated physiognomy'.[3] The report further mentions that although Coyer was witty, his tone was 'a little too pedantic'. Inspector d'Hémery also provides information on Coyer's early years, when he was unemployed and living in poverty 'on the pavements of Paris', until he finally obtained a position and financial security as tutor to the Duke of Bouillon's son, the future Prince of Turenne. His income secured, the young priest was less likely to be a threat to public order.

Turenne's affection for his tutor was a lasting one and he later entrusted Coyer with his own two sons on a trip to Italy. In 1743, Coyer was also appointed chaplain general of the cavalry by the Count of Évreux, and in this capacity he witnessed the Battle of Lauffeld and the capture (and sack and destruction) of Bergen op Zoom in 1747, both important events in the War of the Austrian Succession. After this experience he asked to be discharged. Despite the French victories in which Coyer took part, this war and the Treaty of Aix-la-Chapelle (1748) caused a lot of dissatisfaction in France, as indeed, it did throughout Europe; the Seven Years' War (1756–1763) was seen as the consequence of these unresolved conflicts.

Freed from his military duties, Abbé Coyer published his first literary works, mostly anonymously, and with the tacit permission of the book trade administration, as was the custom at the time. These were short satirical, light-hearted texts, a favourite genre of the author, who was later reproached for not knowing how to write anything else. The end of the 1740s saw the publication of several works by Coyer, *La Découverte de la pierre philosophale*, *L'Année merveilleuse*, *La Magie démontrée* and *Le Plaisir pour le peuple*, the latter having been seized from the author following a complaint from the Comptroller-General and the Provost of the Merchants. In addition, Inspector d'Hémery reported that a friend of the author's, Abbé de la Roche, a fervent anti-Jansenist, had confided to him that Coyer had written an allegorical work entitled *Les Cinq philippiques* against the King and the Dauphin that he intended to have published in London. The allegations of Abbé de la Roche were mistaken, because *Les Philippiques*, an allegorical poem divided into five odes, is now attributed to François Joseph La Grange-Chancel. Nevertheless, Coyer was placed under the surveillance of the inspector of the book trade. Indeed, the content of his satirical productions was sometimes aimed too directly at the rich and powerful. Even so, the public was fond of them, and the risk was worthwhile.

---

[3] Joseph d'Hémery, *Historique des auteurs en 1752*, Paris, Bibliothèque nationale de France (BnF), MS nouvelles acquisitions françaises (NAF) 10781, fols 124^r–124^v.

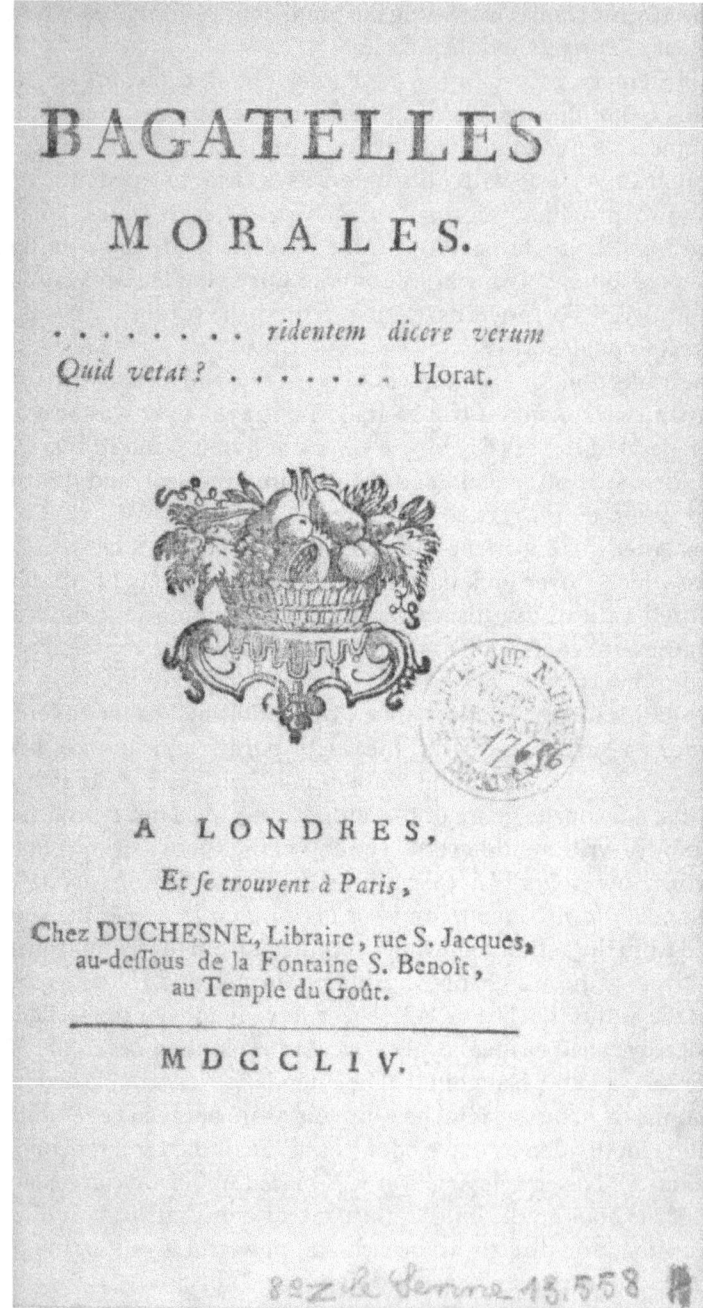

Bagatelles morales (Londres et Paris: Duchesne, 1754). Bibliothèque nationale de France, Gallica.

1. The *Bagatelles morales*

The book trade at this time was experiencing a large increase in the number of readers, and, as a result, a proliferation of 'brochures' and 'feuilles volantes'. These were short pieces of a few pages simply sewn together; generally, nobody bothered to have them bound. These ephemeral publications dealt with fashionable subjects and took a variety of forms: satires on ridiculous goings-on at the time, fairy tales, more or less 'philosophical' in nature, paradoxical eulogies, financial matters, pamphlets arguing for or against a given cause, semi-private letters about contemporary matters, songs, short pieces, bagatelles, nonsense, gossipy pieces, etc. Their titles included *La Bibliothèque des petits-maîtres, ou mémoires pour servir à l'histoire du bon ton et de l'extrêmement bonne compagnie* (at the Palais Royal, at Little Lolo's, seller of gallantries, under the sign of Frivolity, 1762), *Le Papillotage, ouvrage comique et moral* (Rotterdam, 1766), *L'Inoculation du bon sens* (London, 1762), *L'Éloge des Français ou l'apologie de la frivolité* (n.p., 1755), *La Babiole*, a fairy tale (Milan, 1782), *Les Colifichets*, a work dedicated to immortality (n.p., 1751) and *Le Grelot, ou les &c, &c, &c.*, dedicated by the author to himself. If many authors complained about the 'proliferation', the 'flood', or the 'deluge' of brochures, whose transitory nature was detrimental to their literary or philosophical value, the same critics, for example, Voltaire, did not hesitate to make use of their numerous advantages when it came to circulating texts and ideas rapidly.[4]

At the time when Coyer wrote his first brochures, Anglophilia was at its height, as the journalist of the *Correspondance littéraire* remarked: 'It has been a mania in France for some time now to esteem only what comes from England. Hence our writers quite often publish their own productions as translations of that famous nation.'[5] Voltaire had published, in French and in English, his *Lettres écrites de Londres sur les Anglais* (*Letters concerning the English nation*), which in 1734 became the *Lettres philosophiques*, with the scandal that followed; and Fougeret de Montbron had published his *Préservatif contre l'anglomanie* in 1757, having first translated some works from English, for example, Cleveland's *Fanny Hill* (1751). However, at the same time as the French admired England's religious tolerance, political system, and the wealth generated by a 'trading nobility', they also looked down on (and spied on) their neighbours as competitors in the commercial war in which they were engaged. This enmity was not only commercial, but also geopolitical, because France and England were enemies during the War of the Austrian Succession and, shortly after, the Seven

---

4 See Nicholas Cronk, 'Voltaire et la brochure: les enjeux de l'éphémère', in *Persistance de l'éphémère: évanescence et valeur littéraire au XVIIIᵉ siècle, RHLF*, 3 (2021), 589–98.
5 Grimm et al. *Correspondance littéraire, philosophique et critique*, ed. by Maurice Tourneux, 16 vols (Paris: Garnier frères, 1877–82), I (1877), 408.

Years' War. Therefore, England was the home of both philosophers and 'Taciturnians',[6] and Coyer's work reflects the complex and often contradictory relationship between the two countries.

Coyer does not always have the merit of invention, and several of his works were inspired by English texts or translated from them, for example, *La Découverte de la pierre philosophale*, which proposed taxing vices to put the state's finances back on track. This piece was largely inspired by the *Infallible Scheme to Pay the Public Debt of Ireland in Six Months*, attributed to Jonathan Swift, as the abbé himself admits:

> Too happy if I have served my country, I renounce even the flattering glory of invention. It was Dr Swift who invented this great project, who proposed it to the English; but they lacked enlightenment or love for the public good [to execute it]; the French have both in abundance.[7]

Other influences were not mentioned however, in the case of *L'Année merveilleuse*, which tells the tale of how, following a particular alignment of the planets, men will be changed into women, and women into men. In this, Coyer poked fun at the foppish attire and vain behaviour of his contemporaries, a leitmotif in the writings of those who sneered at the luxuries and refinements that are a hallmark of civilised societies. The text was largely inspired by another satire, *Annus Mirabilis, or the Wonderful Effects of the Approaching Conjunction of the Planets Jupiter, Mars and Saturn*. This was published under the pseudonym of Martin Scriblerus, which was used by Swift, and also Alexander Pope, John Gay, and John Arbuthnot.[8] A piece in the *Année littéraire* stated that of all Coyer's pamphlets published during this period, this was his most successful:

> Never has a pamphlet been read so avidly. The great and the humble, the witty and the foolish, Paris and the provinces, have given it the same enthusiastic response. What writer can flatter himself so, in that he is gaining such universal approval![9]

Indeed, its success was considerable. The *Mémoires de Trévoux* reported in May 1754 that nearly 20,000 copies of *L'Année merveilleuse* had been circulated, which at that time signified bestseller status. When Coyer published *La*

---

[6] According to a satire by La Dixmetie, *L'Île Taciturne et l'île Enjouée, ou Voyage du génie Alcaciel dans ces deux îles* (Amsterdam: Arkstée et Merkus, 1759), which takes up the theme of a 'phlegmatic' England lacking in social graces.

[7] *La Découverte de la pierre philosophale*, in *Bagatelles morales* (Paris: Duchesne, 1754), p. 39. All translations from the French are mine, apart from those from *The Discovery and Description of the Island of Frivola*.

[8] *Annus Mirabilis: or the Wonderful Effects of the Approaching Conjunction of the Planets Jupiter, Mars and Saturn* (London: [n. n.] 1722); *Miscellanies in Verse and Prose* (London: [n. n.] 1745).

[9] 'Lettres sur quelques écrits de ce temps', Lettre VII, *L'Année littéraire* (10 July 1749), p. 135.

Découverte de l'île Frivole, it was advertised as being by the author of the previous brochure. Whether it was the writer or the publisher who took this initiative, it is certain that the text served as a more effective endorsement than Coyer's name would have done, as it was still unknown to readers eager for the latest novelties. The success of *L'Année merveilleuse* also involved an element of controversy: very quickly, 'supplements' or 'responses' to Coyer's brochure were published, both to criticize it and to profit from its triumph. In particular, Jeanne-Marie Leprince de Beaumont published an *Arrest solennel de la nature, par lequel le grand événement de l'année 1748 est sursis jusqu'au premier août 1749*, as well as a *Lettre en réponse à L'Année merveilleuse*. The work also inspired imitations, for example, *Les Filles femmes et les femmes filles, ou le monde changé, conte qui n'en est pas un*, published in 1751. Coyer's brochure was also brought to the stage by Pierre Rousseau, who staged a one-act comedy in verse entitled *L'Année merveilleuse*, which was performed at the Théâtre des Italiens on 18 July 1748. Enthused by the comedy, Lemaire and Pesselier produced a *Cantatille nouvelle pour un dessus* with violin and flute accompaniment in 1749. One brochure takes inspiration from another, which gives rise to a multitude of brochures, songs and comedies; all are light and easily reworked in new forms. They are disseminated widely, are discussed in cafés, on the boulevards, in salons and in powder rooms; the subject of the day is quickly replaced by another, in a whirlwind of novelties.

Between 1747 and 1754, Coyer published about a dozen brochures, most of which were collected in 1754 under the title *Bagatelles morales*.[10] To this collection, he also added a new piece entitled *Le Siècle présent*, which was based on a mid-century polemic that offered a comparison between the eras of Louis XIV and Louis XV respectively. This collection is kaleidoscope in a cheerful, ironic, and scathing style and depicts the mores of the century in order to show its follies. The grandees, the clergy, and the rich are not spared; on the contrary, Coyer underlines the injustice and violence meted out by the powerful to the poor, as in *Le Plaisir pour le peuple*. In this brochure, which had been censored, the Chinese magician Foki stages a 'battle of shadows' that represents two armies in combat, one garbed in homespun cloth, the other in velvet; the first is bent towards the ground in search of bread, the second sitting on full warehouses. The tale depicts an unequal battle with an outcome as predictable as it is unjust. *L'Astrologue du jour*, which was not selected to be part of the *Bagatelles morales*, also exploits the idea of the reversal of the sexes developed in *L'Année merveilleuse*, but applied this time to the disparity in conditions in the society of the Ancien Régime:

---

[10] On the *Bagatelles morales*, see Christian Cheminade, 'Une prédication républicaine au milieu du siècle: Les *Bagatelles morales* de l'abbé Coyer', *Dix-huitième siècle*, 27 (1995), 365–80.

Nature, wishing to avenge half of her creatures for this inequality of conditions, so contrary to the order she had prescribed, at the time of the human creation, has at last resolved to bring about a general revolution in all the present states of men.[11]

The year after the publication of the *Bagatelles morales*, Coyer published a second collection entitled *Dissertations pour être lues*.[12] Less satirical (except perhaps for the title), this publication does not seek so much to correct morals through a playful exposure of ridiculous conduct as to instruct and edify, although for Coyer, as for his contemporaries, pleasing and instructing were together the essential conditions of a work of quality. This imperative, which goes back to Horace (*Utile dulci*),[13] was used by Coyer as a pretext for justifying his easy style, although throughout his career he was reproached for it.

> Every day the public is given very learned essays that nobody reads. I thought that by spending less time on erudition I would attract more readers. This seems to me to be a laudable aim: for why write, if not to educate? And how can one educate if one is not read? […] Erudition and difficult research tire us, and we prefer to run lightly over surfaces than to sink heavily into the depths. […] It is an easy road that I wanted to follow, always preferring the smooth to the steep, the plain to the mountains.[14]

This new collection contained two dissertations: *Sur le vieux mot de patrie*, which was quoted at length by Jaucourt in his article 'Patrie' in Diderot's and d'Alembert's *Encyclopédie*, and *Sur la nature du peuple*. Its forthcoming publication had been announced in the foreword to the *Bagatelles morales*, along with the promise of a 'sure procedure for making a citizen out of a courtier', and a 'method for introducing the government to the notion of virtues'. Unfortunately, however, these last two dissertations were probably inventions and have not come down to us. 'Would I have done enough?' concludes Coyer, for whom the need of literary productions to have a utilitarian purpose always went hand in hand with questions about the aims of literature itself and about the social utility attached to productions of the human mind. 'I have been hesitating for a month', he writes at the beginning of *La Découverte de la pierre philosophale*, 'should I work to perfect the puppet dolls,[15] or to put France at its

---

[11] [Coyer], *L'Astrologue du jour* ([n. p. : n. n., n. d.]), p. 2.

[12] [Coyer], *Dissertations pour être lues* (The Hague: Pierre Gosse junior [probably Paris, Duchesne], 1755).

[13] Horace, *Epistle to the Pisons*, 'Omne tulit punctum qui miscuit utile dulci, lectorem delectando, pariterque monendo' (he has gained every vote who has mingled the useful with the pleasant, and instructs the reader by amusing him).

[14] [Coyer], *Dissertations*, pp. 5–8.

[15] 'A kind of small marionette made of thin, flat cardboard, set in motion by a string, and which entertained all of Paris for several months; all the great and the good had their *pantins*. Without this note, posterity would have difficulty in guessing what so amused the capital of a great empire.' Note by the editor of Coyer's *Œuvres complètes*, I (1782), 22.

ease? After having weighed these two great objects carefully, the latter seemed to me to deserve preference.'[16]

2. Philosophical and economic networks

Building on the success of his *Bagatelles morales*, and eager to climb the reputational ladder in the field of belles-lettres, Coyer turned to more serious subjects, without, however, abandoning his characteristic ironic, bantering tone:

> Let it no longer be said that we only like what is pleasant and frivolous; the serious and the solid are beginning to exert their sway. For some time now, commerce has been occupying many good writers and a large number of readers. If it were not for our apparently more necessary religious disputes, it would almost become the topic of fashionable conversations. I have heard even courtiers praising its benefits.[17]

In particular, Coyer used his pen to disseminate the political and economic ideas of Vincent de Gournay and his network. Gournay was an influential member of the Louis XV administration and a promoter of the liberalisation of industry and commerce.[18] To ensure that his ideas would circulate and lead to reforms, he surrounded himself with agents such as François Véron Duverger de Forbonnais, Georges Marie Butel-Dumont, and Anne Robert Jacques Turgot from among government officials, and literary clergy such as André Morellet, Jean-Bernard Le Blanc and Coyer. This network was very active and had considerable political influence. Turgot's appointment as Comptroller-General under Louis XVI led to the abolition of the medieval system of trade guilds in 1776. After Turgot's fall, it was later reinstated until the French Revolution, when it was abolished for good.

Coyer contributed to the dissemination of ideas from Gournay's network by publishing a treatise, *La Noblesse commerçante* (1756), followed by the *Développement et défense du système de la Noblesse commerçante* (1757), and a brochure, *Chinki, histoire cochinchinoise, qui peut servir à d'autres pays* (1768). The latter, similar to Voltaire's philosophical tales,[19] tells of the misfortunes of a peasant who, burdened by ever-increasing taxes, tries to place his many children in positions in the city to offer them a better future than his own; however, the statutes, regulations, and dictates governing the operation of the guilds systematically frustrate his efforts. In being forced to turn to crime, all of the

---

[16] Ibid.

[17] Coyer, *La Noblesse commerçante* (London and Paris: Duchesne, 1756), p. 5.

[18] On Gournay's network, see Arnault Skornicki, *L'Économiste, la cour et la patrie* (Paris: CNRS Éditions, 2011), and *Le Cercle de Vincent de Gournay, savoirs économiques et pratiques administratives en France au milieu du XVIIIe siècle*, ed. by Loïc Charles, Frédéric Lefebvre and Christine Théré (Paris: Centre national d'études démographiques, 2011).

[19] One edition (London: [n. n.] 1768) presented the brochure as the 'second part of *L'Homme aux 40 écus*', the latter being a tale by Voltaire, which was published the same year.

children perish in torment or end up in a state of shameful libertinism. Coyer was awarded a pension of 2000 *livres* 'as a gratuity for works on administrative matters'[20] following the publication of his pamphlet, which was translated into Italian, Spanish, and German. A sequel was later published: *Naru, fils de Chinki* (1776), by an anonymous author.

La Noblesse commerçante, Coyer's best-known work, benefited greatly from the lively dispute it generated, leading to the publication of a multitude of brochures for and against the thesis defended by the abbé, in particular, a pamphlet by the Chevalier d'Arc,[21] as well as the extension of the debate in major periodicals. In his criticism of the laws of derogation, which prevented the French nobility from engaging in commerce (except wholesale), Coyer defended the respectability of trade and merchants, demonstrating not only the usefulness of the latter for the state, but also the deadweight of nobles impoverished by their inability to engage in activities that would be lucrative both for them and for their nation. Coyer defends the virtues of commerce against an ethic of honour supported by the ancient code of the military nobility, arguing that commerce enriches both states and citizens, and that it was all the more adapted to contemporary realities given the laws of derogation for trade did not exist in England, France's constant rival.[22]

Gournay's influence on Coyer in the writing of *La Noblesse commerçante* is evoked in a letter from Abbé Trublet, in which he writes that 'Abbé Coyer's thesis' was not written according to the author's opinion, but rather as a commissioned work. Furthermore, it was only 'witticism', an 'opportunity to make an ingenious brochure'.[23] The same claim was made against Rousseau and his *Discours sur les sciences et les arts*. Coyer's style, lively and light-hearted even when dealing with more serious matters, was perfectly suited to Gournay's strategy of circulating his ideas beyond the immediate circle of the administration to the enlightened salons and to the expanding readership of merchants and artisans, who had become rich and educated. However, this apparent conversion of Abbé Coyer to serious subjects did not convince his colleagues in the Republic of Letters, who continued to see him as a 'man of trifles'.[24] Antoine Sabatier de Castres, allied to

---

[20] Xavier Coyer, 'Coyer, Gabriel' in *Dictionnaire des journalistes*, <https://dictionnaire-journalistes.gazettes18e.fr/journaliste/204-gabriel-coyer> [accessed 1 March 2022].

[21] Philippe-Auguste de Sainte-Foy, Chevalier d'Arc, *La Noblesse militaire ou le patriote français* (Paris: [n. n.] 1756).

[22] Voltaire, in his *Lettres philosophiques* (1734), had already criticised the French contempt for commerce (Letter X).

[23] BNF, NAF 3531, fol. 72, quoted by Loïc Charles, 'Le cercle de Gournay: usages culturels et pratiques savantes', in *Le Cercle de Vincent de Gournay*, pp. 67–68.

[24] Antoine Sabatier de Castres, *Les Trois siècles de la littérature* (Amsterdam and Paris: Gueffier, Dehausi le jeune, 1772), pp. 319–21.

the *antiphilosophe* camp at the time, said of him in his *Trois Siècles de la littérature*:

> His *Bagatelles morales* were at first very successful, but examination soon made it clear that they were only bagatelles. Abbé Coyer's only way of approaching serious subjects is irony, an approach that loses most of its effect as he writes it, because it is too continuous and too uniform. [...] Be that as it may, Abbé Coyer has the merit of good intention; if he does not possess strength and solidity, he at least has that lightness, that pleasantness which distinguishes him from the boring moralists, without placing him among the great moralists.[25]

In addition to contributing to the dissemination of the economic ideas of Gournay's network, Coyer also intervened to defend the *philosophes*, who suffered numerous attacks from the end of the 1750s onwards. His *Lettre au R. P. Berthier sur le matérialisme* (1759),[26] published anonymously, was part of these efforts. Addressed to the editor of the *Journal de Trévoux*, it was written in the context of the scandal caused by Helvétius' book, *De l'esprit* (1758), which was violently attacked by the Jesuit journal. Coyer did not hesitate to persecute the community of which he had been a member, pushing to the point of ridicule the attacks on the hydra of materialism by the reverend fathers, and he did so at the risk of being swept up in the whirlwind of condemnation. A parliamentary decree stated that his letter should be shredded and burned in the courtyard of the Palace of Justice, along with Helvétius' book and other works accused of defending irreligion.[27]

Coyer also sided with the *philosophes* in the quarrel that arose from Charles Palissot de Montenoy's satirical plays about members of this 'circle'.[28] In his *Discours sur la satire des philosophes*, he showed that Palissot was guilty of defamation by representing real persons rather than general characters on the stage, a difference used by the law to distinguish between libel and satire.[29] Coyer's *Discours* made an excellent impression on the philosophes, and Grimm's *Correspondance littéraire* praised it highly:

> It is the Abbé Coyer who has declared himself the author of the *Discours sur la satire des philosophes*. I beg his pardon; but I would not have believed him capable of it. Everything this author has given us up to now has been somewhat petty and, above all, in very bad taste. [...] You will find nothing

---

[25] de Castres, pp. 319–21.

[26] *Lettre au R. P. Berthier sur le matérialisme* (Geneva: [n. n.] 1759). The pamphlet has long been attributed to Diderot.

[27] *Arrêt de la cour de parlement portant condamnation de plusieurs livres et autres ouvrages imprimés*, 23 January 1759.

[28] Charles Palissot de Montenoy, *Le Cercle ou les originaux*, staged at Nancy's Nouveau théâtre on 26 November 1755; *Les Philosophes*, staged at the Comédie-Française, 2 May 1760.

[29] On these distinctions, see Olivier Ferret, *La Fureur de nuire, échanges pamphlétaires entre philosophes et antiphilosophes (1750–1770)*, SVEC (Oxford: Voltaire Foundation, 2007).

mean or distasteful in the discourse we are talking about, and it succeeds as a well-made work, as wise in its tone as in its ideas.[30]

The esteem of the *philosophes*, at least partially won, was to prove useful a few years later, on the occasion of the scandal caused by the publication of the *Histoire de Jean Sobieski* (1761) about the Polish national hero, who was several times victorious against the Turks and was elected king of Poland in 1674 under the name of John III. Coyer's patron, the Prince of Turenne, was related to the Sobieskis through his mother, Marie Charlotte Sobieska. The work, which Coyer dedicated to one of Turenne's sons, was thus part of the patronage relationship he maintained with this family throughout his life and it opened the doors of the Stanislas Academy in Nancy to him. Unfortunately, the work was banned, and it embroiled him in further trouble with the French authorities: Guillaume de Lamoignon de Malesherbes, who was head of the royal censorship, criticized 'the enthusiasm with which the author speaks unceasingly of liberty and republican government' in this work.[31] The story as told by Coyer also highlighted the failure of Louis XIV's foreign policy in its relations with Poland and, more generally, underlined the harmful effects of the expansionist and bellicose vision of a king who did not always deserve the label of 'great'.

As a result of the scandal, Abbé Coyer was forced into exile and the *philosophes* were shocked. 'I am saddened', Helvétius wrote to Voltaire in 1761, 'by all the persecution that is being directed against people of letters. You know that Abbé Coyer, author of the *Vie de Sobieski*, has just been exiled, and that his censor is imprisoned in Vincennes.'[32] This news aroused Voltaire's solicitude from his home in Ferney near Geneva. He asked everywhere for news of Coyer's imprisonment and exile: 'Please be so kind as to tell me about the misfortune of this Abbé Coyer. I am very interested in him, he is one of our brothers', he wrote to the count d'Argental.[33] Five months later, he stated that Coyer was staying with him.[34] As soon as the news reached Paris, Coyer's visit did not fail to interest the authors of manuscript gazettes, for example, the *Mémoires historiques* that are attributed to Bachaumont:

---

[30] *Correspondance littéraire*, October 1760, IV (1878), p. 302.

[31] Malesherbes, *Mémoire sur l'histoire de Sobieski*, BnF, NAF 3346, fol. 120, quoted by Cheminade, 'Une prédication républicaine au milieu du siècle', p. 366.

[32] Helvétius to Voltaire, March-April 1761, D9714, Voltaire, *Correspondence*, ed. by Th. Besterman, in *Electronic Enlightenment* (Oxford, Bodleian Libraries), <https://doi.org/10.13051/ee:doc/voltfrVF1070135a1c> [accessed 1 March 2022].

[33] Voltaire to d'Argental, 3 April 1761, D9719, in *Electronic Enlightenment*, <https://doi.org/10.13051/ee:doc/voltfrVF1070141a1c> [accessed 1 March 2022].

[34] Voltaire to Damilaville, 7 September [1761], D9990, in *Electronic Enlightenment*, <https://doi.org/10.13051/ee:doc/voltfrVF1070426a1c> [accessed 1 March 2022].

Abbé Coyer, it is said, having very indiscreetly expressed his desire to stay with M. de Voltaire, and to spend six weeks there, the latter said to him cheerfully: 'You don't want to be like Don Quixote: he took inns for castles, and you take castles for inns.'[35]

Coyer was also interested in educational matters, which preoccupied him throughout his life as a tutor and a moralist. His essays *De la prédication* (1766), and especially his *Plan d'éducation publique*, published the following year, bear witness to this interest, and to his deeply republican vision of education. The former presents a pessimistic view of the effectiveness of religious rhetoric in reforming morals, whereas the latter seeks to cultivate citizens' reasoning and virtue through a *public* education.

Between 1763 and 1777, despite his advanced age, Coyer undertook a series of travels. In 1763, he accompanied the two sons of his former pupil the Duke of Bouillon on their grand tour of Italy to complete their humanist education. In 1765, he was in England, where he became a member of the Royal Society. Voltaire took advantage of the abbé's trip to credit him with the authorship of his own *Lettre au docteur Pansophe*, a satire on Rousseau. In 1769, Coyer was in Holland. Several works resulted from these peregrinations: *Voyage d'Italie et de Hollande* (1775), *Commentaire sur le code criminel d'Angleterre* (1776), and *Nouvelles Observations sur l'Angleterre* (1779). The first opens with a cynical observation on the value of publishing travel accounts after so many had already done the same:

> After so many previously or newly published trips to Italy, another trip to Italy! What could be more tedious! This could be. But when one considers that after so many elements of geography, arithmetic, physics, mathematics, and so many portable dictionaries of the same kind, the press gives birth to new ones every day, it seemed that travellers share the privilege of discussing subjects that have already been discussed. Besides, doesn't everybody know that they have the keenest itch to tell stories?[36]

In his acerbic *Anecdotes littéraires*, Abbé Fusée de Voisenon said of Coyer:

> He began by publishing frivolities, such as *L'Année merveilleuse, La Découverte de l'île Frivole*: this earned him money. He composed *La Noblesse commerçante*, which afforded him a reputation. He published the *Histoire de Sobieski*; that earned him the Bastille. Then he travelled, and came back, and would do well to leave again.[37]

---

35 Louis Petit de Bachaumont, *Mémoires historiques, littéraires et critiques de Bachaumont, depuis l'année 1762 jusques 1788*, 2 vols (Paris: Léopold Collin, 1808) I, 245.

36 Coyer, *Voyages d'Italie et de Hollande*, 2 vols (Paris: Duchesne, 1775), I, 3.

37 Fusée de Voisenon, *Anecdotes littéraires*, in *Œuvres complètes de Voisenon*, 5 vols (Paris: Moutard, 1781), IV, 9.

Coyer died in 1783 of a cold that was left untreated, in the apartment he occupied in the Hôtel de Bouillon. The inventory of his possessions shows that he was quite well off.[38] The authors of the *Mémoires historiques*, who clearly did not like him, wrote a short funeral oration: 'This ex-Jesuit had a short-lived reputation, like his works. One cannot express the extreme sensation, the excessive hubbub that his *Année merveilleuse* made everywhere, which was however only a translation from the English.' Thus, in a few lines, Abbé Coyer's career is reduced to a single brochure and, even then, its author is denied the honour of originality. Like his first brochures, which had short-term popular appeal only, Coyer's ephemeral literary career seems to be condemned to an oblivion equal to that of his first productions, whose 'frivolity' only served to devalue all of his future writings before they had even come into being. This 'frivolity' is, however, uniquely representative of his time, because it was, for many of his contemporaries, the very manifestation of that period.

2. About the text

La Découverte de l'île Frivole falls within several successful literary trends of the mid-eighteenth century, beginning with travel literature relating the discoveries of great explorers and cultivating the values and fantasies of the nascent colonial empires, such as George Anson's *Voyage Round the World*.[39] In particular, accounts of adventures of those travelling to the New World took up the codes of the utopian narrative, to which were added the characteristics of the 'noble savage' mythology.[40] Alongside Pope's and Swift's satires especially, the hybrid genre that would become the 'conte philosophique' fed Coyer's imagination. This was a genre whose contours Voltaire was defining in those same year by drawing on the success of the oriental tale genre: *Memnon*, which would become *Zadig ou la destinée*, was published three years before *La Découverte de l'île Frivole*, and was a great success. The many parallels between France and England also influenced the story of the Island of Frivola, which plays on both English and French prejudices. It takes up the device of the *Lettres persanes*, but adds a layer of strangeness to the narrative: the island visited is not France, but just like it; there is something strangely familiar about the superficiality of its inhabitants, who all speak French.

---

[38] Xavier Coyer, 'Coyer, Gabriel'.

[39] *A Voyage Round the World in 1740–4 by George Anson Esq., Commander-in-Chief of a squadron of His Majesty's Ships sent upon an expedition to the South Seas compiled from his papers and materials by Richard Walter, MA, chaplain of His Majesty's Ship The Centurion, in that expedition* (London: John and Paul Knapton, 1748).

[40] On Coyer's *La Découverte de l'île Frivole*, see Leonard Adams, 'Anson in Frivola: an exercise in social criticism: Coyer's *Découverte de l'île Frivole* (1751)', Studies on Voltaire and the Eighteenth Century, CXCI (Oxford: Voltaire Foundation, 1980), 851–58.

Indeed, the 'discovery' is not really a discovery at all, because the French are already living harmoniously with the islanders and hold prestigious administrative positions, for example, the Comptroller-General of Fashions, a *petit-maître* and insolent courtier, with whom the admiral is forced to compromise with, despite his natural antipathy. The island of Frivola is, thus, a French colony with no links to the metropolis, a sort of experimental microcosm where a handful of exiled Parisians strive to recreate the luxurious conditions of their former existence a thousand miles from the capital, as something like overly refined Robinson Crusoes.

The parallel with the famous survivor Alexander Selkirk, whose four years spent alone on an island of the Juan Fernandez Islands archipelago were recounted by Defoe in 1719, is all the more significant in that the episode imagined by Coyer is set at about the time when, according to his account, Admiral Anson's fleet attempted to regroup in the same archipelago off the coast of Chile. In addition to giving his story a certain geographical verisimilitude, this evocation allows a parallel to be drawn with the famous adventure novel, thus demanding that the nature of the necessary and the superfluous be re-evaluated, and that the question of what luxury consists of be reconsidered, precisely at a time when its effects on the morals and wealth of nations were under debate. How much luxury do the neo-Frivolites, who landed on the Island of Frivola, actually need? The shipwrecked Scotsman needed no such trappings.

But the English and French do not find themselves on a desert island. In the case of Frivola, the land is populated by men and women whose characters have been forged by the geographical and climatic particularities of their habitat. The castaways (or nearly so) can also be compared with Gulliver, whose description of the customs of the various peoples he meets during his travels gave rise to a cutting satire on early eighteenth-century England. Such is the case with *La Découverte de l'île Frivole*, whose barbs are mainly about the French nation, as contemporary critics, used to reviewing French satires on French ridicules, immediately suggested. The *Mémoires de Trévoux*, for example, emphasizes this aspect: 'The Frivolites are our compatriots, Frenchmen and inhabitants of Paris; they are caught in all their attitudes of caprice, fantasy, and fatuity.'[41] However, it would be too simplistic to believe that Coyer's criticism is limited to his compatriots.

Playing with the principles of verisimilitude specific to travel narratives, Coyer did not only use an existing publication, Admiral Anson's *Voyage*, the fame of which gave his own brochure publicity, he also employed tenets and elements of many different types of narrative in a fruitful assimilation of the literary traditions

---

[41] *Mémoires pour l'histoire des sciences et des beaux-arts*, mai 1754, II, 1202. This periodical was later known as the *Journal de Trévoux* and also the *Mémoires de Trévoux*.

circulating at the time. Yet *La Découverte de l'île Frivole* itself launched a no less important literary fashion, one that addressed the moral and cultural category of 'frivolity'.

1. Frivolity

In the 1750s, 'frivolity' became the subject of a large corpus of novels, plays, ballets, songs, dictionary entries, satires, and academic speeches.[42] The noun, meaning that which is useless, vain, futile, and worthless,[43] was a recent addition to the French language; it appeared in Guyot Desfontaines's *Dictionnaire néologique à l'usage des beaux-esprits de ce temps* in 1728. The author wondered whether the term would come into use: 'I have been told that in the work [Trublet's *Essais*] two new terms were used: "frivolité" and "brillanté". I cannot say whether these two words will flourish.'[44] Nearly forty years later, in reply to Desfontaines, the author of the entry 'Frivolité' in the *Dictionnaire de Trévoux* remarked: 'Today this word is sufficiently authorized by usage. We could not fail to adopt a word that expresses the character of half our nation.'[45]

From the moment the word came into use, frivolity has been associated with both the French national genius and the feminine character. The inclusion of the noun in the French language significantly preceded the use of the term in English, the first occurrence of which was identified in Edmund Burke's *Letters on a Regicide Peace* (1796), in which the word 'frivolity' is used in relation to the French national character, along with its effeminacy.[46] The associations between

---

[42] Among other examples: Boudier de Villemert, *L'Apologie de la frivolité, lettre à un Anglais* (Paris: Prault père, 1750); *Le Ballet de la frivolité, qui a été dansé au collège de Louis le Grand, et ayant servi d'intermède à la tragédie de Catilina>* ([n. p. : n. n.] 1753); Louis Lambert, *L'Éloge des Français, ou l'apologie de la frivolité* ([n. p. : n. n.] 1755); Jean-François de Saint-Lambert, 'Frivolité', in *Encyclopédie, ou dictionnaire raisonné des science, des arts et des métiers*, 35 vols (Paris : Briasson, David, Le Breton, Durand, 1751–80), VII (1757), 311; Pierre Nicoleau, *Discours académique sur ce sujet, la frivolité nuit également aux mœurs et aux lettres* (Angers: Barrière, 1770); Charles Compan, *Le Palais de la frivolité* (Amsterdam and Paris: Mérigot le Jeune, 1773); *Lettre d'un jeune homme à son ami sur les Français et les Anglais, relativement à la frivolité reprochée aux uns, et à la philosophie attribuée aux autres* ([n. p. : n. n.] 1779).

[43] Furetière, *Dictionnaire universel*, 3 vols (The Hague, Leers, 1690): 'Frivole. adj. m. and f. What is of no value, which has nothing solid that deserves to be considered. One raises against the immortality of the soul only with frivolous objections. This author has written only on frivolous matters.'

[44] Guyot Desfontaines, *Dictionnaire néologique à l'usage des beaux esprits du siècle. Avec l'éloge de Pantalon-Phoebus. Par un avocat de province*, 3rd ed. (Amsterdam: [n. n.] 1728), p. 80; and, by the same author, 'Lettre sixième', in *Observations sur les écrits modernes*, 1 (1735), 132–33.

[45] *Dictionnaire universel*, or *Dictionnaire de Trévoux* (Paris: Compagnie des libraires associés, 1771).

[46] Edmund Burke, *Two letters [...] on the proposals of peace with the regicide directory of France* (London: Rivington, 1796), p. 10. In Italian, the word *frivolezza* (tendency to act, think, speak

frivolity and the characteristics attributed to the female gender are numerous, whether referring to a natural quality, or a trait imbued by education (or instilled by its absence) and the customs of society. Boudier de Villemert, in his *Ami des femmes* (1758), written in a Rousseauist vein, showed that women are both victims and perpetrators of the spirit of frivolity that reigned in the eighteenth century: 'Women, whom we [men] have thrown into a continual dissipation to which they are not suited, have contracted a taste for frivolity and have set the tone for it: they have so much enslaved men to their caprices that the latter find themselves mixed up with the former in the same peculiarities.'[47] Gallantry, dissipation, amusements, and idleness have such an effect on the two sexes as to increase the weaknesses of each, to the point of confusion. 'Frivolity' is synonymous with 'softness' in moral treatises, which argued that these vices are as much born from an immoderate love for pomp, luxury, and ostentatious wealth, as they are their cause. When deployed in apologetics on the subject of Christian virtues, frivolity and related concepts were linked to discourses on vanity, which contrasted ideas of worldly ephemerality with the eternal solidity of heavenly truths.

Beyond moral discourses, frivolity also became the subject of debates about the usefulness of a category designating that which is completely lacking in value. The paradoxical character of all discussions on frivolity is particularly evident in their very form. Often privileging the genre of apologia at a time when paradoxical encomia were coming back into vogue, brochures on frivolity began to appear in the French editorial landscape as early as 1750. Before he published his *Ami des femmes*, Boudier de Villemert had anonymously published the *Apologie de la frivolité, lettre à un Anglais*, in which he asked his interlocutor whether it was fair to accuse France of frivolity, not so much because it would be unjust, but rather because it constituted praise rather than an accusation:

> You claim, Sir, to be conducting the trial of our nation with regard to her frivolous character. I agree with you that the French genius is more inclined towards pleasantness than towards great and sublime speculations; but do you think that this concession gives you the upper hand, and that your superiority over us is thereby absolutely decided?'[48]

---

superficially, lightly, inconstantly and volubly) can be found as early as the mid-eighteenth century; the word *frivolità* (something of little importance, lacking seriousness) occurs less often. In Spanish, the use of the noun *frivolidad* is quite rare. In eighteenth-century German, which borrows *frivol* from Latin and French, the word *frivolität* (indecency, audacity, bad taste) has a sexual connotation.

[47] Boudier de Villemert, *L'Ami des femmes, ou la philosophie du beau sexe*, new ed. ([n. p. : n. n.] 1775), pp. 13–14.

[48] [Pierre Joseph Boudier de Villemert], *Apologie de la frivolité, lettre à un Anglais* (Paris: Prault père, 1750), p. 1.

Thus, France was to be considered superior to other European nations on account of its frivolous spirit, a social virtue par excellence. This defence of frivolity forms part of both a moral and epistemological reflection. Boudier de Villemert showed that the pursuit of superficial pleasures is more reliable and profitable than any amount of speculation about metaphysics and morality, in which a person can get lost without ever finding the truth. The question raised by frivolity, for those who would consider it without the cold prejudice of typical English melancholy, is one about the limits of knowledge. The paradoxical nature of this apology did not escape the attention of Boudier's contemporaries, who questioned its purpose and relevance. Thus, the author of a review in the *Journal de Trévoux* remarked:

> To tell the truth, we cannot quite determine whether this little piece is ironic or whether it is seriously arguing the case it makes. If ironic, it does not seem to be strong enough to correct the partisans of frivolity. If a serious defence, one will not be convinced, when reading it, of the prerogatives of frivolity.[49]

The apology for frivolity, in whatever sense it may be understood, can neither make the frivolous people more serious, nor the serious ones more frivolous.

Apologists for frivolity seem to be confined to the genre of paradoxical encomium, and it is true that the genre generates nothing but contempt, but who would seriously wish to praise an attitude that refutes all seriousness, and laughingly turns away from any sustained argumentation? This is what Louis Lambert remarks in his *Éloge des Français, ou Apologie de la frivolité* (1755):

> One does not really recognize all the advantages that we owe to this taste for frivolity, which dominates our lives today, and such is the character of true goods: to make men happy without their noticing it.[50]

Indeed, since we call a man who is seriously concerned with futile things a 'frivolous' man, what can we call an apologist of frivolity, someone who would endeavour to demonstrate its benefits for society?

> What would one think of a man who dared to suggest that this pleasant frivolity has perfected our minds, purified our mores? Would we not regard his proposition as a paradox? But how many faults, and even vices, has it not eradicated from society?[51]

The frivolity of the French nation, however, made it possible, amongst other things, to overcome pride, avarice, and jealousy, passions that are detrimental to the proper practice of sociability. Moreover, the unbridled luxury in which the higher classes revelled also benefited the nation as a whole, just as the remains of a banquet feed the servants of an opulent house:

---

[49] *Journal de Trévoux* (1752), 1503–35, (p. 1511).
[50] *Éloge des Français*, p. 8.
[51] Ibid., p. 9.

In Rome, the senators enriched the poor citizens with their lavishness. The foolish spending of the nobility has the same effect here. How many people would be reduced to misery if our youth decided to be wise! These *cabriolets*, the very image of frivolity, these pretty carriages lacquered in *Vernis Martin*, nourish and sustain those whom they splatter as they drive past.[52]

If praising frivolity also meant praising luxury, this is because they were two sides of the same coin. As with luxury, frivolity was far from having only defenders, and critics of both were numerous. Pierre Nicoleau, for example, won the Academy of Angers competition, writing on the following subject: 'Frivolity harms mores and literature to an equal degree.'[53] Paradoxically, it now became necessary to demonstrate the harmfulness of frivolity despite its lack of value.

The debate on the value of frivolity was also of great interest in the mid-eighteenth century to the *philosophes*. Saint-Lambert, author of the articles 'Luxe' and 'Génie' in Diderot and d'Alembert's *Encyclopédie*, also penned the article 'Frivolité': 'Objects are frivolous', he wrote, 'when they do not necessarily relate to the happiness and perfection of our being. Men are frivolous when they are serious about frivolous things, or when they treat serious things lightly.'[54] Saint-Lambert was particularly interested in the moral causes of frivolity (the absence of passions), as well as in its moral consequences (the decline of true talents and love of virtues) and in the means to remedy it: 'There will always be for all men a remedy against frivolity: the study of their duties as men and as citizens.'[55] To put the question in the context of the political responsibility of men as *citizens* was in stark contrast with the image of the bored and frivolous aristocrat, which featured widely in the literature of the time.

In response to Saint-Lambert's article, Voltaire also took an interest in the moral problem of frivolity, and in 1765 he published in his *Nouveaux Mélanges* an ironic apology for the trait.[56] In the work, Voltaire saw frivolity as intrinsic to human nature and essential when it came to the preservation of social ties. Without this form of forgetfulness, he argued, how would it be possible to walk the streets of Paris every 24 August, the anniversary of Saint Bartholomew's Day, without remembering with horror the massacre that took place there on that day? In a letter to Mme du Deffand, Voltaire also wrote: 'One can hardly remain serious all by oneself. If nature had not made us a little frivolous, we would be very unhappy. It is because we are frivolous that most people do not hang themselves'[57]

---

[52] Ibid., p. 10.

[53] See above, note 42.

[54] 'Frivolité', in *Encyclopédie*, VII (1757), 311.

[55] Ibid.

[56] Voltaire, *De la frivolité*, in *Œuvres complètes de Voltaire*, 205 vols (Oxford: Voltaire Foundation, 1968–2022), 60A (2017), 395–408.

[57] 12 September 1760, D9222, in *Electronic Enlightenment*, <https://doi.org/10.13051/ee:doc/voltfrVF1060115b1c> [accessed 1 March 2022].

Thus, the moral and cultural concept of frivolity became a motif for reflection on the vanity of luxury, on the French national genius (especially its decadence after the *Grand Siècle*), and on the role of women in a society that had made gallantry a civilizing value, but which nevertheless feared the deleterious effects of effeminization on military or civic virtues. Finally, the question of frivolity also concerned the nature of man, caught between the horror of the spectacle of his miserable condition and the fleeting oblivion granted by amusements.

Published in 1750, Coyer's *La Découverte de l'île Frivole* therefore represents a discovery, not only in the geographical sense, but also insofar as the text contributed to launching a literary fashion on this subject. The ridiculous behaviour and caprices of the Frivolites, who are entirely dedicated to the invention of fashions and who eschew anything resembling seriousness, so well illustrated the character of the century, of France, of its lively *petits-maîtres* and of its fashionable women, that other authors took up the motif. These included Nicolas Bricaire de la Dixmerie, who published *L'Île Taciturne et l'île Enjouée, ou Voyage du génie Alcaciel dans ces deux îles* (1759),[58] a philosophical tale strongly inspired by Voltaire's *Le Monde comme il va* (1748), but also by the Frivolian islanders depicted by Coyer. Also in 1759, Boissy portrayed Queen Frivolity at the Comédie-Italienne; the role was played by the famous Justine Favard.[59] Adopting the motif of foreigners' travelogues popularized by Montesquieu, Charles Compan's *Le Palais de la frivolité*[60] describes the visit of two strangers to France, where the goddess Frivolité has established herself and reigns as absolute mistress. Finally, almost thirty years after the publication of Coyer's pamphlet, Alexandre Delon published a new *Île Frivole*, a one-act comedy in which the action takes place in the context of the American War of Independence.[61] These developments and new versions show the durability of the moral category of frivolity, which remained relevant throughout the century and beyond.[62] It embodies the idiosyncrasies and foibles of the nation, but also portrays its questioning of the value of things and people at a time when the spread of showy displays through the social classes had begun to upset axiological hierarchies.

---

[58] See above, note 6.

[59] Louis de Boissy, *La Frivolité* (Paris: Duchesne, 1753), a one-act comedy staged at the Comédie-Italienne in 1753.

[60] See above, note 40.

[61] Delon de Sarnhac, *L'Île Frivole, comédie en un acte et en vers libres* (Geneva: Joly, 1778). It is not known if the play was ever performed.

[62] In the nineteenth century, the question of frivolity still interested authors and academicians, who sought to distinguish it from levity (see J.-J. Lemoine, *Les Français justifiés du reproche de légèreté* (Paris: Treuttel et Würtz, 1815)), or who recalled, at the beginning of the Third Republic, that frivolity was still an enemy to be fought (P. Poirré, *La Frivolité, discours prononcé le 2 août 1875 à la distribution des prix du collège Saint-Joseph de Poitiers* (Poitiers: Oudin frères, 1875)).

2. History of the text

Coyer's text *La Découverte de l'île Frivole*, which is one of the first explorations of the new moral territory of frivolity in the eighteenth century, has a complex history. To begin with, there are two versions. One, probably the first, was published anonymously without a date, the author's name, or permission, and is an eleven-page, quarto brochure, which bears the title *Découverte de l'île Frivole, par l'auteur de l'Année merveilleuse. Centième édition.* A second edition, published by J. Swart in The Hague with the date 1751, is a fifty-two-page octavo brochure, also attributed to 'M[r]. l'abbé Coyer, auteur de l'Année Merveilleuse', gives an enlarged version of the previous one. A four-page preface has been added, and numerous details, more extensive observations and additional narrative circumstances enrich the text, while preserving the same structure. Thus, for example, all the incidents in connection with the refit of the fleet and the steps taken by Admiral Anson to obtain wood and victuals were added in the second edition. The same applies to the final considerations regarding the resources of the island and the competitive attempts of the French and the English to take advantage of them. These additions increased the length of the brochure by almost a quarter, which may have justified the new edition. In addition to this second edition published by J. Swart, the text of *La Découverte de l'île Frivole* went through several other editions in the form of brochures, in both quarto and octavo format, accompanied in one case by *L'Année merveilleuse,*[63] but always without permission. It also appeared in the collection of *Bagatelles morales* (London and Paris, published by Duchesne in 1754, without permission), and in all the subsequent editions of Abbé Coyer's complete works. Although the publisher's preface (of J. Swart's edition) is missing from these subsequent editions, the text remains consistent with that of the edition published in The Hague.

3. Translations

This proliferation of editions, of which several are probably pirated, is a sign that the work had very successful sales. This success had already been testified, as we have seen, by its reviews in periodicals, and theatrical adaptations. Numerous translations further confirmed its significant success. In 1755, the *Bagatelles morales* were translated into German, and this included *La Découverte de l'île Frivole*, which appeared under the title *Entdeckung der Insel Frivole.*[64] The translator prefaced the French abbé's text with a foreword on French satire and

---

[63] *Découverte de l'île Frivole, par Mr l'abbé Coyer. 2e édition, augmentée de L'Année merveilleuse ou les hommes-femmes* (The Hague: J. Swart, 1751), Copy at BnF: 8-Z LE SENNE-5915.
[64] Gabriel-François Coyer, *Moralische Kleinigkeiten* (Berlin, Stettin and Leipzig: Johan Heinrich Rûdiger, 1762). The dedication, addressed to Hans Gottfreid von Globig, is dated 1755.

its adaptability to the German language and culture. This question arose particularly in connection with the term *frivole*, which the translator says he was obliged to adopt, despite the strangeness of the word in German:

> At first I wanted to call it the Island of the Useless [*Insel Unnütze*], the Island of the Mindless [*Insel Leichtsinnig*], the Island of the Unworthy [*Insel Nichtswürdig*], and so on. I did not like these names myself, and my friends did not approve of any of them. So, I left it at that. I could also have called it Bagatelles Island [*Tändelinsel*]. But as we are used to foreign names in travel writing, I think we should keep *Frivole*.[65]

In addition, a long summary of the text in Dutch appeared in the *Boekzaal der Heeren en Dames* (*Library of Men and Women*) in Amsterdam in 1764,[66] making the text accessible to Dutch-speaking readers.

The public across the Channel did not have to wait as long for an English translation of *La Découverte de l'île Frivole*. Indeed, as early as 1750, a translation published by Thomas Payne appeared in London, and it was soon followed by a second edition in the same year.[67] Then, two years later, another translation was published, accompanied by a translator's preface and also a translation of the Dutch editor's preface.[68] Both translations are based on the text of the 1751 edition published in The Hague; it should be noted, however, that as the date of the first English translation precedes the latter, it suggests either an earlier edition of the fuller version of the text that has not survived, or that either the original or the translation has been antedated.

The preface to the 1752 translation does more than introduce the text; it suggests an interpretation that emphasizes the anti-French character of the satire, while pretending not to see the irony in the panegyric of the English nation: 'It contains a polite satire upon the French, and a resounding panegyric of the English nation.'[69] This interpretation in favour of the English nation is, however, moderated by the maxim that closes the preface: 'Praise undeserved is satire in

---

[65] Ibid., p. 95.

[66] 'Merkwaardige ontdekking van het zoogenaamde Beusel-Eiland, of de Vermaakelyke Menschen', *Boekzaal der Heeren en Dames, Magazyn van zeldzame historien, of gevallen, en een mengeling van ernstige en boertige verhandelingen* (Library of men and women, or magazine of extraordinary stories and events, and a mixture of serious and comic stories) (Amsterdam: Johannes Willem Kalemann, 1764), pp. 19–40.

[67] *A Discovery of the Island Frivola, or the Frivolous Island. Translated from the French, now privately handed about at Paris, and said to be agreeable to the English manuscripts concerning that island, and its inhabitants. Wrote by order of A-------l A-------n* (London: T. Payne, M. Cooper, 1750).

[68] *A Supplement to Lord Anson's Voyage Round the World Containing a Discovery and Description of the Island of Frivola by the Abbé Coyer, to which is Prefix'd an Introductory Preface by the Translator* (London: A. Millar, J. Whiston, D. White, 1752). This translation was also published in Dublin by P. Wilson and M. Williamson that same year.

[69] Ibid., p. iv.

disguise.' Using a line from Pope, this final sentence reminds us that any apology in a satirical context is liable to be tongue in cheek. Addressed to an English readership, this satire on the French nation and its ridiculous foibles can also be turned against its intended readers, thus proving to be much more universal than seemed the case at first sight, as the preface by the Dutch publisher, which immediately follows that of the English translator, rightly reminds us. This is also shown by the critical reception of the English translation of the text in British newspapers. For example, a reviewer in the *Monthly Review* of March 1752, after having noted the criticisms that Coyer directs at his compatriots in comparing them to the English, wondered which of his fellow countrymen would bear comparison to his portrayal of Admiral Anson.[70] Coyer's text itself casts doubt on the audience to whom his satire is addressed: which nation exactly does the Island of Frivola mirror, France or England?

This back and forth between languages and between fictitious and real translations ends up blurring the moral aim of the text, which is already ambiguous in itself, as is everything that concerns the moral territory of frivolity in the eighteenth century. At once criticizing mores depraved by luxury and the desire for novelty, and questioning the utilitarian basis used to evaluate both goods and persons, frivolity highlights the problems posed by both economic and moral values in the mid-eighteenth century.

4. Establishment of the text and principles of the edition

The French version of the text given here is based on the edition published in The Hague by J. Swart in 1751 (octavo, 52 pages). It has the advantage of containing a foreword to the reader which subsequent editions do not reproduce, although they print the rest of the text in full.

The English version is based on the 45-page A. Millar, J. Whiston, and D. White London edition of 1752, which contains both the translator's preface and that of the Dutch publisher. The quality of this translation and that of the previous English one, which was published by Thomas Payne in 1750, do not differ significantly in terms of the comprehensibility of the text.

To better enable the understanding of the texts, the spelling and punctuation have been modernized in both the French and English versions. The use of capital letters has also been modernized in both languages.

---

[70] *The Monthly Review, or, Literary Journal*, VI (March 1752), p. 233. *The London Magazine, or Gentleman's Monthly Intelligencer*, XXI (1752), p. 123, goes even further in the interpretation, emphasizing the English satire of the text, saying that this pamphlet, 'disguised as a polite satire upon the French, and as very high praise of the English, is really a satire upon both, especially the latter'.

A
Supplement
To
Lord Anson's
Voyage
Round the
World.
Containing
A Discovery and Description of the
Island of Frivola.
By the
Abbé Coyer.
To which is prefixed,
An Introductory Preface by the Translator.

London:
Printed for A. Millar in the Strand; and J. Whiston and
B. White in Fleet Street. M.DCC.LII
[Price Two Shillings.]

~

Introductory preface
By the
Translator

This little piece merits our attention on many accounts. It is very happily conceived, very ingeniously executed, and has met with universal applause, not only in France, but in almost every country upon the continent, where it has followed the book upon which it is founded, and has very justly merited that title which it now bears. We very often see florid composures[1] that promise prodigious things, and with an affected air of superior science impose upon the vulgar; but upon thorough examination are found to be no more than elaborate trifles. This performance is directly the reverse. It promises amusement, it has all the ravishing airs, and all the delightful graces of a high finished romance; but at the same time, it is a severe and judicious criticism upon the almost innumerable follies of the present age. It would please if it had only life, spirit and raillery to recommend it. It ought to command our attention, even if those beauties were wanting, from the generosity of the design, and that noble freedom of thought that reigns throughout. It resembles, so far as they are laudable, the *Eulogy of Folly* by Erasmus, the *Utopia* of Sir Thomas Moore, and the *Atlantis* of the Viscount of St Albans,[2] without any of their imperfections; for as it begins in a very lively manner, it proceeds uniformly and concludes excellently.

It contains a polite satire upon the French, a very high panegyric on the English nation.

In his description of an imaginary country, we are given to understand that there cannot be a greater folly, than for people to persuade themselves they are

---

[1] Meaning 'compositions'.
[2] *The Praise of Folly* by Erasmus was first published in 1511, Thomas More's *Utopia* in 1516 (by Erasmus), and Francis Bacon's (Viscount of St Albans) *New Atlantis* posthumously in 1626. According to its translator, *The Discovery of the Island of Frivola* is, therefore, situated in two different literary traditions: paradoxical eulogies and utopian narratives.

improving, when in reality they are forcing, violating, and distorting Nature. The consequences of these fallacious arts are very whimsically represented, and the grotesque picture of a country, where the productions are all subtilized by art, until they become utterly unfit for the wise purposes for which Providence designed them, is very pleasant and surprising, at the same time that it is very just and perfectly consistent with truth. Good sense teaches, and great men have affirmed, that Nature may be improved; but this is to be done by following her steps, assisting her endeavours, and promising her labours, not by crossing, contracting and counteracting her, which experience will inform us (if we are not wise enough to take it upon this author's word) can extort only fantastical appearances, delusory triumphs, and nothing that can possibly conduce either to the benefit or happiness of mankind.

When he comes to speak of the inhabitants, he shows us with great strength of thought and vivacity of expression what a train of ridiculous absurdities inevitably attend upon false taste. When forgetting those necessary distinctions that arise from age, rank, or profession, a whole nation gives an indiscriminate loose to their wild passions for dress, furniture and diversions. When the old strive to hide a circumstance that ought to render them venerable, not from others but from themselves, and so lose the benefit of experience, at the same time that they are despised by those in whose follies they preposterously desire to have a share. When the sex who should be the patrons of modesty and decency in their full extent, piquing themselves upon preciseness in point of form, while they indulge themselves in every grosser respect, lay on the colour of virtue to hinder vice from appearing frightful, so that their minds and their faces are equally false; and the giddy pursuit of a tumultuary gallantry destroys that noble and necessary connection which Providence intended for the support and blessing of human nature. When all real sense of dignity being obliterated, magistrates, generals, statesmen blend all their great abilities with a mean attachment to trifling pleasures, and set themselves on the level every evening in their diversions with those whom they govern in the day, and foolishly fancy that this may be done without diminution of character, or without lifting the theatrical heroes they admire by that very circumstance above themselves in vulgar estimation.

There are even some bolder strokes than these which reach through persons at things, and point out many flaws and defects both in their civil and religious administration, which is an incontestable proof that good sense is everywhere the same, and that even in arbitrary governments, men of genius will find a way to express their contempt of solemn fooleries and revered absurdities, and this borrows so much elegance and beauty from the manner in which it is done, that even those who feel the edge of satire are inclined to pardon the stroke out of regard to the honesty of the intention, and the address shown in the management of so dangerous a weapon. Indeed, the author's patriotism is his highest character, his ridicule is everywhere justly pointed, and if he rallies his own nation severely, they owe it solely to their excesses, and not at all to the severity of his disposition, of which indeed there is not a feature to be discerned throughout his whole work.

In regard to his panegyric, we are to consider,

First, that it is the pure effects of his impartiality arising from the comparison of the idea he has formed of the genius of our nation, with that of his own. He delivers himself upon this head with great freedom from a just persuasion that nothing good or great can be attained, but by a steady pursuit of truth. To this he sacrifices all that vulgar self-conceit, by which the French in general are drawn into a fond persuasion that they exceed all other nations almost in the same degree that the rest of mankind transcend other animals. That in point of courage, wisdom, science, wit, and politeness, they move in a superior orb; and that whatever appears of these excellent qualities in other nations is borrowed by reflection or caught by imitation. This ostentatious folly he treats as it deserves, and points out very clearly its terrible effects, by introducing contempt of the only method by which learning and arts can be kept from running into extravagance, and exalting caprice under the plausible name of taste to that office which ought ever to be held by good sense; yet all this is done not to deride or to degrade, but to shame his countrymen into what is honest, laudable, and great. It is for this reason that,

Secondly, he points to us as standing in his opinion possessed of some high and admirable qualities which the French, notwithstanding their good opinion of themselves, hardly comprehend. He describes us as admiring arts and sciences only as instruments of public good, preferring that to every private advantage, and making the welfare of all the ruling passion in every individual. He instances that zeal, that intrepidity and spirit which the British nation has shown in improving navigation, braving the greatest dangers in search of useful discoveries, and raising thereby a greater and more glorious maritime power than Asia in Tyre, or Africa in Carthage, could ever boast. Be it our business not to bring discredit on this piece, by answering but indifferently to what this elegant writer has vouched for us; let us, at least, learn from him what in our conduct foreigners would most admire; and let us make use of the good advice given in that weighty line which Pope wisely borrowed and judiciously commends, viz.

Praise undeserved is satire in disguise.[3]

---

[3] In *The First Epistle of the Second Book of Horace, Imitated* (1737), Alexander Pope writes, with quotation marks: 'Praise undeserved is scandal in disguise'. The original verse comes from an anonymous poem published in *Epistle X, The Celebrated Beauties of the British Court*, in *Bell's Classical Arrangement of Fugitive Poetry, Vol. III* (London: J. Bell, 1789), p. 118.

~

The Editor's Preface
To the
Dutch Edition[4]

To the reader,

You are about to peruse this *Discovery of the Island of Frivola*, but do you know what you are doing? Have you any apprehension of the risk you run? You will be charmed with this fine and ingenious critic on the people of the present age and their manners. But be upon your guard with respect to yourself. You will not be able to read four pages, before you find yourself hit by some satirical stroke, which your understanding will approve, without consulting your pride. Alas! I know this by melancholy experience. My parents gave me an education too solid to qualify me for refined taste, but Nature will show itself. I had very boldly read I can't tell you how many books of reflection, without ever reflecting, when seduced by the title and the succinctness of this, I cast my eyes over it, and shall I tell you the truth? At the very second page, I made one reflection, then another. I discovered myself presently. I looked closely into my own breast, and found a most monstrous conjunction between a Frivolian soul and a Dutch body.[5] Oh, dearest reader! whom some happy instinct has hitherto, it may be, defended from the plague of thought; stop, stop short at the first reflection; it will otherwise beget more. If indeed, according to the established custom, rising from the natural

---

[4] This epistle to the reader is not present in the quarto edition, and was not published in the subsequent *Bagatelles morales* and Coyer's complete works.

[5] According to the characterization of national traits in the eighteenth century, the Dutch turn of mind was reasonable but obtuse: 'The Dutch have a superabundance of reason, but a fairly commonly massive mind', wrote Caraccioli in the article 'Massif', in his *Dictionnaire critique, pittoresque et sentencieux*, 3 vols (Lyon: Benoît Duplain, 1768), III, 28. On the other hand, Muralt said of the French in his *Lettres sur les Anglais et sur les Français* (Cologne: [n. n.] 1725) that they overpraise a liveliness of mind, and consider common sense as 'a kind of stupidity' (p. 105). Coyer, in his *Voyage en Italie et en Hollande* (Paris: veuve Duchesne, 1775), showed admiration for Dutch economic and commercial power.

benignity of our own hearts, these fell only on our neighbours, things might go on in their old way. But you will apply them to yourself. I give you a friendly notice of it, for this may otherwise produce an astonishing revolution in you. You will no longer believe that nothings can deserve a high price. You will labour to reform and to fix your imagination, by giving it good sense for its guide. That old-fashioned good sense which has been so long out of date will cast over your intentions and your whole conduct a varnish of antiquity, of which the world has no comprehension. In the end, it is possible you may become a man of merit, a man of solidity; but to be a man of solidity before one has grey hairs, is to be buried alive, and no less preposterous than making a practice of going regularly to church before one is thirty.

Jan Caspar Philips, after Arthur Pond, 'Portrait of George Anson'. Rijksmuseum.

~

A Supplement To

Lord Anson's Voyage round the World.

Containing

A Discovery and Description of the Island of Frivola.

Admiral Anson has lately obliged the public with an interesting history of his voyage round the globe,[6] but why would he hide from our knowledge an island which Nature destined as much for our use as his? Does this proceed from that singularity which reigns through his whole work? Is an Englishman afraid of speaking truth, whenever that truth happens to be a little improbable? A Frenchman dares go a step farther; in such a case, at least, it is his duty. It may be, after all, he had still another reason, a reason of state; for in his manuscript, I find the following marginal note: 'I made the whole squadron swear by the sacred liberty of the English nation, never to touch in their discourse upon the Frivolous Island.' On the other hand, I have sworn by the profound submission, which is the glory of the French,[7] that I will tell the world all I know. The public may judge whether the squadron or I best keep our oaths.

---

[6] Several accounts of Admiral Anson's voyage and his fleet were published on his return to England in 1744. The official record, *A Voyage Round the World in 1740–4 by George Anson Esq, now Lord Anson, Commander-in-Chief of a Squadron of His Majesty's Ships Sent upon an Expedition to the South Seas Compiled from his Papers and Materials by Richard Walter, MA, Chaplain of His Majesty's Ship The Centurion, in that Expedition*, was published in 1748 in London by John and Paul Knapton. The book was reprinted several times, and was soon translated into French by Élias de Joncourt and Abbé Gua de Malves (Amsterdam and Leipzig: Askstée and Merkus, 1749). Both were members of Gournay's circle.

[7] The domination of the French king and government over the population was a commonplace

J. Mason, 'A view of the Le Maire Strait between Terra del Fuego and Staten Land', *A Voyage round the world*. Bibliothèque nationale de France, Gallica.

It signifies little to mankind to be informed of the manner in which the manuscript fell into my hands; in making that known, I must betray him who betrayed the Admiral. The main point in respect to the public is a faithful translation, and for that I pawn you my honour.

Admiral Anson, after having doubled Cape Horn, exposed to the dangers of the most tempestuous of all seas, and the severity of the most terrible of all climates, after full seven weeks of successive storms, which had separated him from half his squadron, having suffered in his sails, masts, and rigging, occupied without recess in stopping leaks that were discovered one day after another, found his force reduced to three vessels, all of which were infected with the scurvy, having thrown over more dead men than there remained living, and those very sick, perceived that even these were too many to subsist on the small quantity of provisions he had left. However, even in this condition, he continued to form schemes for depriving the Spaniards of some of their best places in America, or at least sharing in the treasures which they derive from thence.

Never any squadron surely stood more in need of a place of refreshment. He bore away, therefore, for the island of Juan Fernandez, in the latitude of between thirty-four and thirty-five degrees south.[8] An impetuous gust from the north drove him as high as forty-five degrees, into that immense ocean where none had ever hoped or looked for land. In this situation, a strict survey was made of biscuit and water; the result was a moral certainty that in two days they must perish either through hunger or thirst. Being now at the mercy of the wind and seas, a sailor surprised them with bawling out 'Land'. To people perishing, any shore appears a paradise. This which they discovered lay about sixteen leagues south-west.[9] They crowded all their sail to reach it, and the wind sinking as they drew towards land, they entered sounding every minute into a bay on the north side of the island, where they let fall their anchors. There was no time lost in debarking, or in setting

---

at the time. For example, Muralt wrote: 'The French don't think much of liberty; they are not satisfied to depend on the prince in everything they suffer themselves to be deprived of, but submit, even though inclination, in that which is the most independent thing that men are possessed of, and have the least power to give away.' Louis Béat de Muralt, *Letters Describing the Characters and Customs of the English and French Nations*, translated from the French (London: Edlin, 1726), p. 95.

[8] The Juan Fernandez archipelago is located off the coast of Chile. Its two largest islands are Alejandro Selkirk and Robinson Crusoe. The former is named after the Scottish sailor who spent four years on this deserted island at the beginning of the eighteenth century. His widely publicized story inspired Daniel Defoe to write his novel *Robinson Crusoe* (1719). In Richard Walter's account of Anson's travels, the *Centurion*, under the Admiral's command, sailed to the island on June 9, 1741, and was soon joined by other ships from the squadron; they spent three months recovering, and repairing their vessels.

[9] The measurement units were not standardized during the early modern period. At sea, a league corresponds to three nautical miles (20 leagues per degree at the equator), or 5,555 kilometres. Therefore, the distance to be covered is 88.88 km south-west.

up of tents for the sick. A wood, which formed a kind of amphitheatre above the bay, presented to their view abundance of trees laden with fruit, which bore a near resemblance to our peaches, the latest present of the season, for in that country the winter was drawing on.

They made no difficulty of helping themselves as soon as they were within reach; but found their stomachs much disappointed in that refreshment they expected. These fruits so beautiful, so blushing to the eye, afforded only a spongy substance, or rather something that had the appearance of substance, which did not at all assuage the appetite, or at best afforded a slight relief to thirst. The trees corresponded exactly with the fruit. A sailor taking a springing leap, that he might climb the higher, the body of the tree snapped asunder, and throwing him into the midst of another, by that time he reached the ground, it was likewise torn up by the roots. The Admiral resolved to lose no time in searching for fresh water and provisions of a more solid nature; and putting himself at the head of ten of his squadron who were in the best health, boldly began his march into the heart of the country. The first inhabitants that presented themselves to view were a troop of tigers. These fierce animals sprang upon them before they were perceived, but their claws and their teeth were of a cartilaginous substance, formed rather for show and ornament than instruments of offence; so that if their appearance at first created fear, it was quickly over. After about four hours' march through the forest, our gallant[10] sailors entered into a plain overrun with bushes, laden with flowers and fruit. From this prospect, they were at a loss to determine whether it was winter or summer in the island. This doubt, however, did not last long. If the fruit they met with at the bay was good for little, this new purchase afforded no exercise to their teeth; but like the phantoms raised by magicians, presented a form to the eye, under which nothing was to be discovered by the taste. The vegetable soil having been exhausted in the summer by real productions, that is, real with respect to this country, this soil I say, which contained without doubt abundance of salt and metallic particles, exhibited in winter those trees of Diana and Mars, those clusters of tempting grapes and other fruits, which are produced in our laboratories, by the mixture of mercury, sal-ammoniac,[11] filings of metal, and spirit of nitre.[12] The birds came and pecked those delusive vegetations, and seemed to be provoked at this quackery of Nature;

---

[10] According to Samuel Johnson's *Dictionary of the English Language*, a 'gallant' is a 'gay, sprightly, airy, splendid man'.

[11] Sal-ammoniac, salammoniac or salmiac is a mineral composed of ammonium chloride forming isometric hexoctahedral crystals.

[12] Trees of Diana, Mars, Saturn, etc., or 'philosophical trees' are the names given in alchemy and experimental chemistry to metallic crystallizations in the form of vegetation that result from the mixing of certain metals in nitrous acid diluted in water. In the alchemical tradition, the different metals are linked to the planets: silver to the Moon (Diana), iron to Mars, lead to Saturn, etc.

and yet, they participated of the same kind of deceit themselves: most part of them were of the size of our pheasants, and yet their throats were of the same dimension with those of linnets; and to be entertained with the notes of the linnets of this island, required organs of hearing infinitely more delicate than those with which Nature furnishes European heads.

Advancing into the plain, they saw horses fastened to trees, men tossing about several instruments, and women who had each of them a pair of bellows, with which she was blowing the dust. This you must know was their manner of cultivating the earth; if that could be called earth which was as light as the finest flour; the wind of the bellows dextrously applied by the female peasant, described the furrows into which the men scattered the seed. At the sight of our strangers, they all took flight, and left nothing behind but their horses, which might have been of use had they been strong enough to support a rider. But alas! The first attempt to mount crushed them to the earth. In this case there was no resource but following these frighted clowns on foot. Their habitation was not far off, the alarm had spread, and they appeared in a great body to defend the entrance of their village, armed with bows and scythes. His presence of mind never deserted the Admiral; the point he aimed at was reconciliation, not conquest. He halted therefore when they were within bowshot, and ordered his men to ground their pieces, and extend their hands towards their opponents. The expressions taught by Nature are everywhere intelligible; the women who formed the second line were instantly detached, and approached our adventurers dancing. Hunger does not give a man the best air; they were however obliged to comply with the mode of these good-natured females, who led them with the true minuet step up to their husbands.

They entered the habitation, and having made their wants known by their signs, were furnished with bread and meat; but great was the surprise of their hosts at seeing the ten sailors quickly swallow more than would have served thirty of these islanders. Yet themselves were still more amazed at finding their stomachs almost as good as ever. The bread very much resembled our wafers; the flesh was loose, and almost without consistence: a sheep equal in size to ours did not weigh ten pounds. What approached nearest to reality was their water. The idea of wine never occurred to these honest tars, and yet it made a part of their entertainment. It was a kind of frothy liquor, or, to speak more exactly, it was nothing but froth, which made a very pretty figure in the glass and that was all.[13] So many strange sights embarrassed the Admiral not a little; but this was no season for physical enquiries; the business was to satisfy the demands of Nature.

---

[13] The popularity of sparkling wine from Aï or Champagne had been increasing since the beginning of the eighteenth century. In *Le Mondain* (1736), Voltaire wrote: 'Églé, Cloris, pour for me with their hand, | Of a wine from Aï, whose compressed foam | Shoots up from the bottle with force, | Like a lightning bolt makes its cork fly; | It pops and hits the ceiling as we laugh; | The sparkling foam of this cool wine | Of our Frenchmen is the brilliant image.'

J. Mason, 'A view of the Commodore's tent at the Island of Juan Fernandez', *A Voyage round the world*. Bibliothèque nationale de France, Gallica.

In this repast, quantity made amends for quality, and at last they could not help owning that they had dined.

The Admiral did not wait the digestion of his meal without contriving to get food for his brethren[14] (an expression which with us is not allowed amongst good company, except to the clergy, but must be admitted here, because it is his own), but while he was endeavouring to make these humane islanders understand what he meant, he was interrupted by two armed men, who had not so obliging an air as might be wished. These were a couple of land tax collectors. They dragged in with them a poor peasant, with a bundle upon his back; a young woman followed, bathed all in tears, for the loss of her husband and their only bed. The officers gave her back a paltry glass necklace, upon which she immediately wiped her eyes, and fell a singing. This short disturbance thus happily over, the Admiral repeated the signs which he had begun to make. The method he took was to range eleven small stones in a line, and then pointing to his people, gave them to understand they stood for him and his men. He placed behind these three hundred more, to express the crew of the squadron which he had debarked,

---

[14] The plural 'brethren' is mostly used in a religious context, but also in the context of Freemasonry, to which there is a possible allusion here. Although Coyer was initiated into the order in 1766, his relationship with it was somewhat conflicted. (Xavier Coyer, 'Coyer, Gabriel'.)

extending his hand towards that side of the island where they had pitched their tents, and his meaning was perfectly comprehended. But from so small a hamlet as this, what relief could be expected for such a number? An old man took him instantly by the hand, and conducting him to an eminence at a small distance, showed him from thence a maritime city, which in point of size fell very little, if at all, short of London. He began his march towards it without delay, and reached it in a very short time. A numerous guard was posted before the gate, by whom he was obliged to stop.

It is a law in the capital of the island of Frivola never to admit any stranger, without clear proof of his being possessed of some talent that may be styled of use; and of this the Governor himself is upon due examination to judge. He speedily made his appearance, accompanied by a troop of pantomimes, attending constantly on his person, to prevent his spirits from being exhausted by the fatigues of business.

'Qui êtes-vous?' (Who are you?) cried he, looking upon him with an air of contempt. The Admiral was amazed to hear him speak a language he understood; and still more that this language was French.

'We are subjects of the greatest monarch in Europe.'

'There is no doubt', returned the great man, 'that this Europe of yours must be a very poor place, since it is not the first time that it has sent hither men but half clad, and that clothing none of the best. By the brightness of empyreal light, if my people were in such a trim, I should pay for it with the loss of my place. But what is it you would have?'

'Only leave to enter into your port to refresh and refit.'

'Mighty well! And what are those talents which are to gain you admittance into Witsburgh?'

'I have on board', said the Admiral, 'shipwrights who are able to double the velocity of a vessel's motion by the change of her figure.'

At this they smiled.

'People that understand mines, and from whom the Earth cannot conceal even her remotest treasures.'

The audience began to grin.

'Surgeons who are as well acquainted with the inside of a human body, as you are with its surface.'

They burst into a horse laugh, and would hear no more.

The Admiral, recollecting himself a little, conceived that in order to bring over these witty people, it would be necessary to mention superior talents, and scientific excellencies of a more exalted nature. It happened that on board his squadron he had some men of letters who had quitted all the pleasures of London with a view to the general good of mankind, through the discovery, in consequence of their observations, of the true figure of the Earth, and thereby fixing the longitudes.

'Wise and distinguishing nation,' said he, 'I have also on board my vessel geographers who are as distinctly acquainted with this globe of Earth as you are with your city; others so deeply skilled in physics, that Nature has scarce a secret concealed from their view; mathematicians who can measure, weigh, and number every part of the creation; nay, with respect to myself, I who speak to you, can without quitting the spot on which I stand, tell you by the help of a certain science we call trigonometry, the height of yonder tower, though it be two miles distant.'

As they were tired with laughing, a silent scorn succeeded. The Governor turned his back, and the barrier was on the very point of falling down, when an arch fellow in the crowd cried out, in broken English, 'Harkee, my Lord, not a word more of these wonderful qualifications, which I promise you will never open a postern in this country. I first made my way into the city, and have since made a fortune by singing.' The Admiral took the hint. 'Most noble Governor, cried he, illustrious genius even in this realm of wits! How came I to omit telling you that our nation excels in dancing, music, and cookery?' At these words the Governor faced about, and his attendants clapped. Master Richard Walter,[15] parson of the *Centurion*, a man of mirth as well as merit, and who upon occasion could play as well as preach, whipped out of his side pocket a German flute, an instrument never heard in Frivoland before, and applied it to his mouth; upon which the sailors and the Admiral himself (who ever did the very thing he ought) began a hornpipe,[16] which threw all the fashionable dances in Witsburgh into oblivion for a month. If this gallant city, like the Egyptian Thebes, had been adorned with a hundred gates, they had been all thrown open at once. The guards at the barrier, however, stopped their joyous entry for a few minutes, in order to search the strangers, and prevent their carrying anything in without paying the proper duty. The sole stroke of their authority lighted on this occasion upon the Admiral's pocket case of mathematical instruments, which being different in size from those used in the island, was confiscated for the present.

The Governor at length began the march with his attendants, and our English followed in the rear. They little expected to meet on the road what however saluted their eyes at every turn, gay equipages rolling along, that would not have been thought despicable in the streets of Paris or of London. Their route terminated at an immense palace. It was that of the Emperor. There were no fewer than twelve large courts to pass before sight was gained of his apartments. These courts were surrounded with buildings and shops. There, besides the Officers of the Imperial Household, were lodged ten of the most distinguished in those trades which were held indispensably necessary in a well-governed state. These were

---

[15] Richard Walter was chaplain of the fleet commanded by Admiral Anson. He is the credited author of *A Voyage Round the World* (1748), which he wrote from notes taken during his travels.

[16] It is in the eighteenth century that this British and Irish dance became associated with sailors.

embroiderers, varnishers, toymen,[17] perfumers, bauble-makers,[18] workers in glass, confectioners in figurework, incorporated by the title of Composers of High Finished Desserts,[19] inventors and comptrollers of fashions, painters of machines, who tricked out all the fine equipages in the city, dancing masters, and romance writers, each of whom was under articles to furnish a new volume of falsehood every week.[20]

At length the Emperor's apartments were reached. His Supreme Elegance, for that is the imperial title, was deliberating with his ministers on a proposition that kept the whole city in suspense. The point under consideration was this: whether the worshipful company of fan-makers should be received into the exterior courts of the palace or not? The debates were become very warm; but however, it was thought proper to suspend them for a moment in order to give audience to the strangers who were introduced. The Imperial Council expected fresh proofs of those talents concerning which the Governor had already made his report. Honest Parson Walter with his pipe, and his merry troop with their heels, strove, one and all, to outdo their own outdoings. The Council very judiciously observed that with respect to piping and skipping, there was evidence sufficient, but for the more important article of cookery, they had no proof of that, beyond the strange gentleman's bare word. It fell out very luckily that the Admiral's cook made one in the detachment, with whose assistance a quintessential pudding was made upon the spot. The monarch and his ministers had no sooner tasted it, that they ordered a signal to be made for admitting the little fleet, which accordingly the next morning entered the port. It was indeed high time, for hunger and disease had been so busy, that no less than ten honest fellows had been thrown overboard in the night.

There are very few nations more officious or more obsequious than the inhabitants of the capital of Frivoland, provided always that they are well paid. They carried the poor strangers refreshments of every kind; but when they came to strike a bargain, all things were off the hinges; gold and silver had as yet no value in Frivoland. Their money was made of a sort of stone; and their pieces were from their materials called *agatines*.[21] In short, such a strange race are men!

---

[17] In Samuel Johnson's *Dictionary of the English Language*, a toy is described as a 'petty commodity, a trifle, a thing of no value, a bauble'.

[18] According to Samuel Johnson's *Dictionary of the English Language*, a bauble is a 'trifling piece of finery'.

[19] When special ceremonies took place, the European courts of the Ancien Régime displayed monumental food sculptures on their tables. These were moulded in sugar or made of fruit and other edible items. They often involved an allegorical dimension, which was intended to illustrate the power of the State.

[20] The original French simply says that novel writers were obliged to write one book each week.

[21] *Agatines*, or *agathines*, are a genus of terrestrial molluscs originating in Madagascar and some American islands. They have an elongated shape and have an iridescent sheen.

A box of agate counters had been a rouleau there, and they would have set up their games with guineas. With these people upon whom wealth made no impression, the old natural method of barter was the only expedient left. Merchantmen would have been less embarrassed in this situation, but the Admiral's prudence was never at a loss. He bethought himself that they had some pieces of lace and ribbons aboard. He caused a kind of stage to be erected, and in the first place exposed the ribbons. It was with great satisfaction he saw joy dance in their eyes; but as computation was a thing extremely necessary in their situation, he directed a single yard[22] to be cut off that he might judge from thence how far things would go. This was no sooner tendered than a baker tossed down, I should rather say up, twenty large loaves; the butcher, the pastry cook, the wine merchant, the distiller, elbowed one another to get near the stage, so that it was quickly a clear case that ten or twelve yards of ribbon would feed the squadron for a day. According to this proportion, the Admiral calculated his whole stock of ribbons would furnish them with provisions for about a month.

As it drew towards noon, he received intelligence that the Emperor was resolved to visit the fleet that very day. As he remembered perfectly well the reflections the Governor had made upon their clothes, he gave orders that every man should put on his best apparel, and that too in the best manner; after which all that were able to stand were put under arms, and ranged in two lines leading to the *Centurion*. The monarch no sooner approached than he began to look out for the Admiral, and had much ado to distinguish him, as he had seen him only in an undress the evening before, which though it might look well on board a ship, made but an ill figure in a drawing room. The first thing he did was to handle his hair, the curls of which he examined with singular attention, and observed to the great lords about him, that as yet none in their country had arrived at the art of giving their locks so easy and graceful a fall. The captain of the *Gloucester* struck them however with another kind of surprise: the Empress handled his foretop a little too briskly, which being a peruke, came off, at which her Majesty screamed aloud, supposing she had flayed poor Mitchell's skull.[23] These trifling incidents as they may appear to a vulgar understanding were the source, as shall be hereafter explained, of consequences very important.

The Emperor continued his march. At the first sight of the ships, he pronounced them monstrous and displeasing to the sight. He pointed, by way of contrast, to his own marine, which was laid up on the other side of the port, composed of a great many shallops or pleasure boats, wrought in a diversity of elegant figures; their poops inlaid with mother-of-pearl, purple sails, and cables made of silk. However, he went on board the *Centurion*. As muskets, cannon,

---

[22] The yard, at 3 feet (36 inches), comes to 91 cm, and is therefore shorter than the French 'aune', at 1.18 m.
[23] In the sense of 'strip off'.

bombs, bullets, were things these people had never seen before, they just glanced their eyes over, without asking so much as a single question. The Admiral was not at all displeased; he did not know how long he might continue in their favour, and at all events he was desirous of having it in his power to keep those islanders within due bounds, by dint of surprise, as well as through the effects of his artillery. However, he chose to administer some food to their curiosity. He explained to them the shape and the manner of working his vessels, the pumps and the capstans;[24] at which the monarch gaped like a great oaf, and his ministers were too polite not to make as foolish a figure. The Admiral finished his discourse with the compass. 'The country', said he, 'from which we come is more than six thousand leagues[25] from hence, and yet this small trembling piece of iron sufficed to conduct us hither.' He thence took occasion to discourse in general terms of the nature of magnetism, and to show the correspondence of the poles of the needle with those of the Earth.

He very quickly perceived that though his audience were deaf, they were not blind. The eyes of the Empress strayed by chance into the chest of ribbons, which was left open. She immediately seized a large piece with the utmost eagerness, and thereby afforded the Admiral an opportunity of making his court, by surrendering the whole magazine. The Emperor distributed a few small rolls amongst his courtiers, kept the rest to himself, and could not help asking if they had given them all. 'I had a great many more in the morning,' replied the Admiral, 'but I exchanged them for victuals, for we had no other commodity with which your subjects would be satisfied.' 'Nor shall they be satisfied with these long,' said the monarch, 'but as to that, set your mind at rest.' Upon this, he immediately ordered the Lord High Treasurer to pay the Admiral ten thousand *agatines*, which was sufficient for a month's provisions for the whole squadron. The next morning out came a proclamation, requiring all such as had been paid in ribbons to bring them instantly to the Board of Fashions; and at the same time, an order was sent to that Board to analyse a ribbon, that is, to pick it into threads, in order to discover its composition, by which they might be enabled to set up a manufacture.

The Admiral was now pretty much at ease in respect to provisions, but remained still at a loss about careening,[26] for which timber was absolutely necessary. All he had hitherto seen in the island wanted toughness and substance to render it fit for use. He was upon enquiry informed that there was a forest at about the distance of ten leagues,[27] which from the peculiar nature of the soil

---

[24] This term continues to be used in nautical contexts, but at the time was more generally, according to Samuel Johnson's *Dictionary of the English Language*, a 'cylinder with levers to wind up any great weight'.

[25] 33,330 km.

[26] The nautical term for turning a vessel on its side for the purpose of cleaning or repairing it.

[27] 55 km.

produced the same kind of timber that grew in other parts of the world. He was on the very point of setting out, for he would trust nobody's eyes but his own, when he received an imperial mandate requiring him to come and curl the royal family's hair. With this order he was excessively embarrassed; at length, however, he flattered himself he had hit upon a proper expedient, which was to carry the three *valet de chambre* barbers they had on board, no mean proficients in their trade, as every one of them had been at Paris. The names of these worthy personages were James Quick, Thomas Ball, and George Shaver, which the Admiral thought fit to record, on account of the eminent posts to which they arrived.[28] He took with him Colonel Cracherode, who commanded the land forces, and the two Captains Mitchell and Saunders.[29] It is out of doubt that they had not the least suspicion that they should be expected to take a share in the manual operation. In this, however, they were mistaken, for they no sooner came into the presence, than the Emperor tendered his head to the Admiral; the Empress projected hers with the hair hanging over her ears to the Colonel, and two young Princes, the hopeful props of the imperial throne, were for putting their coxcombs under the care of the Captains. The Admiral excused himself and his officers, by acknowledging that though they perfectly understood the theory of this art, yet they were absolutely deficient in regard to the practice. During this scene, there was a courtier, who laughed most maliciously, and the Admiral was sensible of a kind of innate antipathy to him, even before he was provoked by his grinning.

The three *valets de chambre* entered now upon their arduous functions; and as the business was going on, it came into the monarch's head to ask the Admiral of what European nation he was.

'Of the first', returned he.

'You are then a Frenchman', replied the laughing courtier. This did not please the Admiral at all, who in avowing himself to be an Englishman, thought he had supported his proposition effectually; but the courtier stuck to his consequence notwithstanding. The dispute grew warm, while, in the meantime, the grand affair was finished, and the royal heads adorned to the no small glory of the artisans; for whom lodgings were immediately assigned in the twelfth court of the palace. They were the favourites of the day; as for their masters they were now considered

---

[28] There is no mention of these three characters in Richard Walter's account. The officers' valets, however, had to help occasionally with other duties at times when, for whatever reason, there were not enough crew members available with the necessary skills. In the eighteenth century, the art of hairdressing was already very much associated with the French nation, and many *coiffeurs* exported their expertise throughout Europe.

[29] Mordaunt Cracherode was indeed a naval lieutenant colonel who served under Admiral Anson on this expedition, although he did not command the ground troops. Captain Matthew Mitchell commanded the *Gloucester*, and Admiral Charles Saunders the *Centurion*.

with much indifference: the esteem that had been conceived of them being greatly lessened by so remarkable a detection of their ignorance.

The Admiral, returning to the squadron, could not help reflecting with some degree of chagrin upon this unlucky adventure: the coldness shown at their departure; the behaviour of the courtier, who espoused the cause of France; the French language spoken at court, all ran strongly in his head. 'Are there', said he starting, 'Frenchmen in the island, or have there been any here? But how can that be possible without our knowing anything of it in Europe? If any are here, is it impossible for us to be well with them?' Incertainty[30] is a kind of rack few constitutions can bear. He determined to visit the courtier that had given him offence; if French are here, thought he, this must be one.

The courtier, after diverting himself a little at his expense, condescended to draw aside the veil, which he performed in the following relation.

'I was at Paris in 1719, when the world was possessed with a madness of bartering gold for paper;[31] I did not, however, follow the fashion, for to tell you the truth, at that time I had no gold. But by busying myself in procuring paper for those who were so very fond of it, I picked up a little of that precious metal for myself. I was young, in the midst of a city full of expense and pleasure; and therefore, it will appear no wonder that I dissipated as fast as I acquired. At length, I found nothing left but passions, which it was out of my power to gratify, with this additional mortification, that having spent my money, I had no longer any pretensions to merit. In this sad situation, a thought came into my head of fetching a cargo from Peru.[32] I communicated this notion to my friends, and they liked it so well that they would needs turn it to their own use. Want being at that time an extensive as well as a prevailing motive, our colony multiplied insensibly, so that we were about one hundred and sixty when we embarked at Rochelle for Porto-Bello.[33]

'Our navigation was prosperous enough at the beginning, but a storm, which though violent, was of a long continuance, drove us upon the coast of Brazil: Porto-Bello was now out of the question. The Captain, desirous of availing himself even of this untoward accident, formed a bold design of proceeding to Lima, in hopes of bringing his cargo to an advantageous market. We accordingly doubled

---

[30] 'Incertainty' is an obsolete form of 'uncertainty'.

[31] The 1720 pan-European financial bubble made a lasting impression on the minds of contemporaries. In France, the Scotsman John Law was commissioned by the Regent to restore the finances of the kingdom. His 'system', a complex financial arrangement, made it possible to develop paper money to the detriment of metal coinage in order to encourage trade; however, agiotage and a crisis of confidence soon brought this system down.

[32] Peru was known as an important source of gold and silver, and it is there that Voltaire situated the famous Eldorado in his Candide (1759).

[33] Located in Panama today, from the sixteenth to the eighteenth century Portobelo was the main port used for the export of precious metals to the European continent from the Americas.

the most southern cape of America, in passing the straits of Le Maire,[34] and it was at the coming-out of those straits that we were saluted with such a mixture of winds, and those too so high, that we apprehended every moment would be our last. This outrageous tempest, which if it subsided for a little, blew soon after as if it had been only gathering breath, kept us long tossing from one abyss to another.

'At length, on the twentieth day, as we were thoroughly persuaded that there was not a foot of land in that parallel of latitude on which we sailed, when through the gloom of the tempestuous sky we had a glimpse of this unknown world, we could scarce believe our eyes. Was this, thought we, the Peru, which while we were seeking came to offer itself to our view? It was a question we could not then resolve; but whether it was or not, we plainly saw it was land. The first thing that presented itself to our eyes was a lofty rock, upon which some of us mounted as well as we could, in order to discover what sort of a country it was upon which we were thrown. We had no sooner reached the summit, than our vessel, which was directly under us, burst from her anchor; and by a sudden squall sweeping from the mountains, was carried out of our sight forever. In all human probability, the Captain and the mariners found a cure for all the ills they endured in the broad bottom of the ocean. We wandered about from town to town, with no higher projects in our heads than how to live. At length, it came into our minds to make the best of our way to the capital: great cities are most fruitful in resources. We were indeed at the distance of two hundred leagues.[35] What pains, what fatigues must such a journey cost! No matter, we had not been long here, before we admitted that the account was clear.

'The Frivolians perceived how necessary we were to them: they were precisely in that critical disposition of mind, which every nation must feel, when inclined to throw off barbarity. As yet, they had no lustres,[36] no sofas, no baubles of any kind; nay, they were to such a degree untutored, that the women wore no faces but their own. Yet, they had begun to multiply their windows, to enlarge their vehicles, to cut their stones brilliant-wise; and the women when they were about treading the stage,[37] took a reasonable proportion of a certain elixir, which by quickening the circulation of blood, gave an agreeable crimson to the complexion. The science of the kitchen, the ornaments of the table, the witchcraft of dress, the elegance of furniture, variety of equipages, and rich embroidery, were just

---

[34] The Le Maire Strait is located at the southernmost tip of the American continent, and is the gateway to Cape Horn, the main maritime route between the Atlantic and Pacific Oceans before the Panama Canal was dug in 1914.

[35] 200 marine leagues come to more than 1100 km; terrestrial leagues are shorter: one British league is equivalent to 4.83 km.

[36] Now obsolete, a lustre was a glass ball used to increase the brightness of artificial illumination. Also a chandelier in the French sense.

[37] The Dublin edition gives 'of a certain age' instead of 'about treading the stage'.

sketched out. They had no notion of fashions, but they had just sense enough to perceive that no woman of any spirit could wear the same gown a whole season, or suffer her clothes, like her nose, to be always in the same shape.

'Their manners also began to work themselves out of that rudeness in which they had so long continued. The studied air, looks put on with art, compliments, the fashionable tone in speaking, the vapours,[38] nectar and ambrosia suppers, extravagance of fancy, friendship in words, amours of a day, all these flowers of urbanity were in the very bud, and only wanted the warmth of the enlivening sun to call them out to view. Husbands indeed were not as yet sensible of the ridicule of loving their wives; but they had made a step towards it, for they began to think them troublesome. The women too had not abandoned all the cares of a family for those of the toilet; and yet something whispered them within that they were born to be agreeable, to shine, and to be admired. There were then a few, and but a few lords, who had the courage to spend beyond their income; but within a small number of years, the nobility of spirit are prodigiously increased. At that time of day, the Frivolians could not be said to have taste, they had only, pardon my playing with words, a kind of taste for taste.

'But notwithstanding this happy disposition, your lordship cannot conceive what pains it costs to form a nation!'

At these words the Admiral began to bend his brow a little, and assuming a serious air, spoke of laws, virtue, sciences, and useful arts, as the only means for effecting so great, so glorious a purpose.

'Excellent indeed, you would have us degrade these people again to night-cap, gown and slippers! All the pretty arts that serve to delight the eyes, embellish the passions, and take off the too strict reign of reason, we may affirm they owe to us. It is we who have taught them to set a polish to their vices, and by their adopting our language, they have given a free scope to wit. Most fortunately for us, at our departure from France, every man had completed his pocket library; how else could we have consumed our time on ship-board?[39] And all were books in taste: delicious romances, comedies overflowing with satiric wit, tragedies full of gallantry, and operas fraught with melting love. You can hardly conceive with how much sagacity they have imitated all these graces. We reckon at this day about six hundred poets, and two thousand dealers in romance. There, sir, judge for yourself, read that comedy, written by one of the grandees of the court; and that romance, the offspring of a magistrate's fertile brain.

---

[38] Samuel Johnson's *Dictionary of the English Language* defines vapours as 'Mental fume, vain imagination, diseases caused by flatulence, or by diseased nerves; melancholy, spleen'. This affliction, reputed to affect mainly women with a very fertile imagination, was still very fashionable in the second half of the century, as evidenced by Claude Paumerelle's *La Philosophie des vapeurs* (1774).

[39] This expression was used at the time to mean 'on board ship'.

'To tell you the plain truth, the colony has not been employed wholly for *their* benefit; they have likewise done a little for themselves. We have all worked ourselves into the management of the State; but more especially myself, in whose favour there has been created a new office of the Crown. You will permit me to say that the person with whom you converse is the Comptroller-General of the Fashions. A place which, though it has many fair flowers, yet is not without its thorns. Amongst these people, a mode wears out in a fortnight. It requires more than a French genius to be furnishing forever. Alas, if fate had not deprived us of our ship… it was freighted with all those superfluities of France that are so necessary here.[40] What exquisite models for this great city! That ribbon which has done you much honour, would have been long ago out of date. It is impossible to do all things at a time. It will require whole ages to equal Paris. A vast progress no doubt has been made towards perfection since our departure. I perceived as all the world did a quite new taste in that *frisure*,[41] which it was your good fortune to introduce.

'But my dear Lord, weigh well what I am going to say. It is either your design to establish yourself in this country, or it is not. If it is not, what end will it answer for you to acquire consideration, by displaying novelties here? If it is, take care from this moment to bring out none without my consent. You have borrowed them all from France; own that fairly, and like a man of honour, render us this just homage, otherwise woe be to you: you shall feel that our credit is great.'

'So far from remaining here', replied the Admiral, 'that I offer you with great pleasure to carry you back to your country, for which without doubt you feel the most poignant regret.'

'That we have regretted it is true,' replied the Grand-Comptroller, 'we were at our first arrival afraid we should not be able to subsist upon the aliments of this country, and our apprehensions augmented for a long time; but after a few years, we perceived that our flesh rarefied, our fluids subtilized, and that a great part of our substance was dissipated.'

As he pronounced these words, he first flourished his heels, and then cutting a caper, touched with his toes a lustre that hung near the ceiling of a very lofty room. When he came down, and had fixed himself once more upon his pedestals, he concluded thus:

'Can you believe it, I do not absolutely at present weigh above fifty pounds. The children we had immediately after our transmigration, we durst not so much as touch: those pretty machines, inherited from their mother, springs so extremely delicate that they would have been crushed by the remains of that European

---

[40] Eighteenth-century discussions on the nature of luxury focused on its degree of superfluity and its relationship to what was considered necessary. In *Le Mondain* (1736), Voltaire's poem praising luxury, he wrote: 'The superfluous, a very necessary thing'.
[41] Curls.

robustness of which we were even then possessed. But insensibly through length of time, our constitutions have acquired so just a proportion with those of the natives of the island, that we live happily amongst a people who may boast of the rosiest imaginations with which mortals were ever blessed.'

The Admiral's thoughts had at that instant a kind of wainscot complexion.[42] As they were perfectly intent on the timber that was to be fetched from the forest, he went thither, soon after made his survey, and returned perfectly well satisfied. However, there was no lifting an axe without a royal order. He demanded an audience, which was refused him; he might perhaps have obtained it through the interest of the Comptroller-General, but as yet a reciprocal confidence was not established. He applied himself to other favourites; but not one of them durst carry his demand to the foot of the throne. When a favour is wanted, one must have recourse to the ordinary forms: he presented to the Prime Minister a memorial in writing. All petitions capable of giving the monarch the least distaste were in this country suppressed. His met with that fate amongst the rest. In his return through the ante-chambers, with a thoughtful air, he was stopped by a lord, who was a kind of philosopher, one who through his singular way of thinking had lost the power of rising at court, but was still suffered there out of respect to his high birth. He questioned the Admiral on the situation, government, marine, and commerce of England. The Admiral was extremely surprised at the solidity of these questions, the first of their kind that had been proposed to him in that place. After having answered them to his satisfaction, he told him frankly the subject of his chagrin.

'You stumble at noon-day, replied that lord; have you not given the Emperor three of the most important persons about him; more especially Quick, who has his royal head every day at his disposal? You search at a distance for what is in your own hands.' Saying this he turned upon his heel and stalked off.

In all probability his English stomach must have recoiled a little at this method of application; but the Admiral had a maxim which served as a cordial upon such occasions: that there can be nothing mean which the service of our country requires. He went immediately therefore to find out his old *valet de chambre* Quick, to whom from custom he spoke in the old style of a master; but Quick gave him to understand that he was no longer to be considered in that light.[43] The Admiral then softened the tone of his voice, and that his oratory might make the greater impression, concluded a very pathetic period with the present of his gold snuffbox. Quick promised like a courtier, but kept his word like another

---

[42] In the sense that his focus is on finding wood to repair his fleet (wainscoting being the inner wooden covering of a wall). This appears to be a play on words, since the *Oxford English Dictionary* records the figurative expression, 'wainscot face', now obsolete but with the meaning 'resembling wainscot, hardened or coloured like old wainscot'.
[43] These circumstances recall Marivaux's *L'Île des esclaves* (1725).

kind of man: in three days' time, he brought him the order signed; but difficulties will sometimes occur when one thinks they are all over. Just as they were going to cut down a tree, the surveyor of the Emperor's woods pointed out another no way fit for the purpose. The Admiral showed him his order, and was for sticking to the letter; the surveyor maintained that he was to be guided by the spirit: two thousand *agatines* dextrously applied reconciled these jarring opinions, and the forest fell on every side. As everything was now in a fair train, the Admiral was at liberty to look about him, and to speculate a little upon this extraordinary island.

It is situated in forty-five degrees eight minutes of south latitude, and in the longitude of two hundred and twenty degrees seventeen minutes, reckoning from the meridian of Tenerife.[44] It is pretty much elevated above the level of the sea, and is in a manner surrounded by high mountains that protect it from the fury of the winds. The air which the inhabitants breathe invites to pleasure by its sweetness, and causes a quick circulation of the blood by its subtlety. It is about six hundred leagues in diameter.[45] There are three great nations on a continent, lying west, which are separated from it only by an arm of the sea: taking these all together, they make a kind of world by itself.[46] The Admiral speaks of the island only, and that but superficially as wanting time to make those discoveries that were necessary to render his description perfect.

'I perceived', said he, 'many phenomena here unknown elsewhere. The earth was light as the finest flour, the trees without solidity, the fruits formed rather to gratify the palate than the stomach; others again, the mere effects of Nature's chemistry, served only to delight the eye; the wine without strength, the flesh without substance, and the animals without either the weight or strength proportionable to their size. In short, one saw everywhere rather the image of Nature than Nature herself.' These things could not but perplex him; for strange as they were, they must have a cause, and this cause was what he laboured to find. These English admirals are really very strange fellows! I firmly believe, because everybody in this country says so, that at the head of a fleet, they are not to be compared with us; but what then? They have the vanity to distinguish themselves by their skill in physics, geometry, astronomy; and I know not how many other sciences besides. Strange fellows to be sure! This of whom we are speaking weighed the air, analysed the constituent particles of the soil, examined the

---

[44] The Ferro Meridian corresponds to the western part of the island of Del Hierro, the westernmost part of the Canary Islands. This is the first meridian that was shared by the European powers from the sixteenth century onwards.

[45] Thus, the island of Frivola has a diameter of 3333 km.

[46] Is the island of Frivola intended to hold up a mirror to France or to England? This geographical resemblance to Western Europe, albeit distorted, corresponds to the utopian narrative scheme.

J. Mason, 'A view of the watering place at Tenian', *A Voyage round the world*. Bibliothèque nationale de France, Gallica.

sulphurs, the salts, the oils, the juices, from whence the vegetables were produced, that he might more thoroughly understand the texture of the flesh of those animals that were nourished by them. Like a true Englishman, he was for penetrating to the bottom of everything. Mighty well! Let him dig and delve by himself, while we divert ourselves with that sketch, which he has given us of the capital of this island.

'The city of Witsburgh is about the same size with London. The number of the inhabitants is thought to be about a million. It might very easily hold two, if it was not everywhere interspersed with gardens and very large buildings within the walls of which they forget the precept of Nature, "increase and multiply". They take as little care of themselves as of posterity, for they do nothing. The sole employment of those who inhabit these spacious dwellings is, or at least should be, to pray for those who work to keep them in idleness.

'The city has a fine river that runs through it. Upon this they have several bridges, and are better pleased to see ranged on each side certain spacious magazines[47] of luxury, than to recreate their eyes with the extended prospect of so beautiful a canal.[48]

'It is highly probable', says our Admiral, 'that before the arrival of the French, there might have been an age in which the Frivolians strove to emerge from their

---

[47] This sense of 'magazine', close to the French 'magasin', is now rare: 'A place where goods are kept in store; a storehouse for goods or merchandise' (*Oxford English Dictionary*).
[48] The bridges connecting the two banks of the River Seine in Paris had houses and shops built on them. Those on the Pont Notre-Dame were not demolished until 1786. The Pont Neuf was not inhabited, but it was crowded with shops.

barbarism, but it is also very likely that those who endeavoured to draw them out of that situation were not of the same humour with the bulk of the nation. They planted avenues, they constructed triumphal arches, they began to erect quays along the riverside; they laid out fine squares; they designed public fountains; they raised handsome structures, in which were taught the principles of virtue and the sciences. However indefatigable, they could not do all things; some they left unfinished, and just as they left them these remain.

'Amongst many monuments of their architecture, which are still subsisting, there is one truly amazing from its composition, and the harmony, boldness, and grandeur of its several parts. It is a palace which the Frivolians would behold with pleasure, if it was barely pretty; but as it is wonderfully fine, they have contrived to block it up on every side, and though it was designed for the residence of their sovereign, it is to this day without a roof.[49] There are still shown as the relics of that serious age, pictures, statues, poems and pieces of eloquence, in which too much regard is paid to Nature for them to please long. Those in years perhaps, unseduced by novelty, admire still these masterpieces; but the rising generation are altogether taken up with baubles of every sort, elegant cabinets and gaudy equipages that strike the eyes with wonder.

'There are very few cities in the world where mechanic arts have been more encouraged. Their artists have made great use of the lessons given them by the French colony; indeed too much use, for they have pushed everything beyond its proper bounds. To content the humour of the nation, they have exhausted their skill in precious trifles, in a hundred little paltry pieces of furniture, and in a thousand worthless gimcracks that are the wear of a day. Their manufactures supply them with a kind of flimsy rags that are worn out as soon as they are put on.[50] An honest workman who would furnish them with good things only might starve for his pains.

'There are likewise very few cities in which the finer arts have been carried to so great a height, but where they are now become rather pretty than noble. In painting for instance, they neglect force and expression for the sake of beautiful colouring. Above, all they are delighted with those exquisite pieces of miniature, with which they decorate the most charming little boxes in the whole world.

---

[49] Controversies over the Louvre's state of disrepair escalated in the eighteenth century after it had been abandoned by Louis XIV in favour of Versailles, and many critics, such as Lafont de Saint-Yenne (*L'Ombre du grand Colbert, le Louvre et la ville de Paris, dialogue*, 1749), deplored its unfinished state and the many buildings that concealed it from view.

[50] Although Colbert had imposed strict quality controls on fabrics, these regulations, along with corporatism, were challenged during the eighteenth century by proponents of a certain type of commercial liberalism, for example, Vincent de Gournay, who believed that price and quality should be governed by the dynamic between supply and demand rather than by the State. Turgot's *Éloge de M. de Gournay* (1759) details the principles of commercial laissez-faire defended by de Gournay.

Those high finished pieces, which their pencils formerly produced, are gradually carried away by a neighbouring nation, whose eyes are not yet taken with the new-fashioned graces. As to their poetry, the enthusiasm of their tragedies is no longer calculated to excite terror and pity, or to inspire those savage virtues to which societies have owned their preservation. No, no, their tragic muse is a coquette,[51] who pleases herself with the lustre of her fine robes, and is proud of the gallantry of her expressions; if she is troubled, it is because she takes a pleasure in being in the vapours, and she weeps that she may laugh. Their eloquence is not the boisterous torrent that bears down all before it, but a fine silver stream that runs murmuring through the flowers. As for history, that only pleases which from its habit you would take for romance.'

The Admiral makes here a reflection. We need not wonder at that, for he is full of them. He had no notion of writing for us; his own nation occupied all his thoughts. He is of opinion that amongst the Frivolians, their women have given the present turn to all their arts.[52] They have studied to please them by those methods in which they please, that is by little whimsical airs, false colours, and factitious graces.

The sciences also have begun to take the same train. As yet, however, they have not entirely succeeded. Parts[53] always get the better of them. Colonel Cracherode went to hear a funeral oration: it was that of a celebrated performer, exquisite in all the powers of harmony. The orator having discharged a whole peal of antithesis, declared him superior to the greatest philosopher of the island. The next morning, Captain Saunders went to pay a visit to an eminent statesman, who had made an immense fortune by taking care of the public concerns of a great province. There, he saw a dancing master, who was entreated to make the heir of the family as fine a gentleman as himself. A very handsome salary was offered him. 'What do you take me for?' said the man of parts; 'you would have scarce offered so little for his going through a course of experimental philosophy.' Round he whisked upon his heel, and away he went without so much as a parting bow. Another man of parts presently appeared, a stout, strapping fellow, he was with a whip in his hand. 'I believe you will do very well for me,' said the Lord, after having surveyed his size and his shape, 'what do you say, will two hundred *agatines* content you?' 'Two hundred *agatines*', replied the coachman, 'content me! who you expect should credit your chariot, and take care of your horses; prithee, keep them for the miserable pedant that flogs your son into the knowledge of Latin.'

---

[51] 'Coquet' in the original English.

[52] In his *Année merveilleuse* (1748), borrowed from Swift, Coyer criticized the general effeminacy of society, although showing its beneficial effects on trade and peace.

[53] 'A personal quality or attribute, especially of an intellectual kind', according to the *Oxford English Dictionary*.

The Frivolians call everything miserable that other people style serious. They omit nothing that can contribute to diversion. They allow, however, that it is fit to read, but then they must have books that will amuse without putting folks to the trouble of thinking. At this juncture, most of their authors are gone into the fashionable way. The Admiral had the charity to bestow liberal alms upon a poor unhappy fellow, that had got the character of a blockhead, by writing an excellent book on the duties of a Patriot Prince.[54]

They have numberless courts of justice, but their supreme tribunal dispenses its decrees in the very same place where they are selling romances on one side, and all sorts of frippery on the other.[55] On the bench of judges, you see faces distinguished by bloom instead of beard, who decide with wonderful sagacity, no doubt, as to the properties of others, at an age when the law does not trust them with the management of their own. If it did, it would glide insensibly into the pockets of their coach-makers and their cooks.

Here the Admiral carries us back with him to his ships. The month was very near run out, and it would require at least two more to finish what was proposed, the rather because a new vessel was to be built in the room of the pink *Anne*;[56] but how to subsist for these two months, and to re-victual the squadron when ready to put to sea were points of great consequence, and for which there was no fund. The *agatines* received from the Royal Treasury were almost exhausted, and the ribbons were gone, which had produced that supply. It is very true that some pieces of lace were still remaining, but the threats of the Grand-Comptroller run in his head, and he was very apprehensive of his credit at court. He was by this time become sensible that some regard was due to talents, of which he made but very light in England. He had received frequent demands for dancing masters, and persons who could teach them to play upon the flute, not but that the dance and the instruments of the country had their merit; but then whatever was new, and above all what had pleased at court, was allowed a superiority in the opinion of the whole nation; and it was this that put them upon these demands. He had hitherto, however, resisted their repeated solicitations, because he found that all hands might be employed in the necessary business of the squadron; but now he

---

[54] Henry St John Bolingbroke wrote a book entitled *The Idea of a Patriot King*, published between 1740 and 1749, and which was translated into French by Thiard de Bissy in 1750. Bolingbroke was well known to philosophers (including Voltaire) and liberals in France after he was exiled there in 1715. His ideas on patriotism were discussed within Gournay's circle.

[55] Under the Ancien Régime, the galleries of the Palais de Justice in Paris were home to many luxury boutiques and bookshops.

[56] According to Samuel Johnson's *Dictionary of the English Language*, a pink is a 'kind of heavy narrow-sterned ship'. In Richard Walter's account, the pink *Anne* arrived two months later than Anson's *Centurion* at the rendezvous point on the islands of Juan Fernandez, after the squadron's ships had been dispersed by a storm.

was sensible that even that could not go on, unless the two great points before-mentioned could be some way or other adjusted.

He made choice with this view, of fifty of his people, who had some little tincture, either of one or both these admired talents; and after a week spent in practice and improvement, he gave them up to public utility and the subsistence of the squadron. But while others were employed, we must not imagine that the Admiral stood with his arms across like an idle spectator: he had for his scholar in dancing the son of a great general in the army. 'I saw', says he, 'come to his house every day a professor of geometry, and I was not a little ashamed that though he spent thrice as much time there as I did, he had but a third of my salary for his pains'. Upon an exact calculation, it was found that the profits of their new professions were sufficient to defray the current expenses of the squadron, and as to the re-victualling it, Fortune threw a fresh and very unexpected resource in their way.

His Imperial Majesty lost all patience one day under the operation of curling his hair, because a concert waited for him the whole time. This loss of temper alarmed all the court. They recollected upon this occasion the peruke of Captain Mitchell. His Supreme Elegance commanded Quick to make him one without delay; that honest fellow laid hold of this opportunity to restore his master to his Imperial Majesty's good graces. He told this monarch that what he desired demanded the effort of a European genius; that in point of execution, he could himself do all that was necessary, but for the plan by which he was to work, it was laid up in the Admiral's head, and until drawn from thence, it was impossible for him to proceed. Upon this, the Admiral was sent for, having first had the secret history of this great business from the Minister of the Cabinet Quick. He thought it however necessary to bespeak the favour of the Comptroller-General of the Fashions, that he might not by this affair be exposed to his resentment.

'The Emperor, sir,' said he, 'has sent to me for a peruke.'

'A peruke!' replied the Officer of the Crown hastily, 'Know that amongst all the novelties I have reserved for the use of this nation, who grow fond and become sick of everything with equal rapidity, this holds the first rank. By the heavens!...' He was on the point of flying into a violent passion...

'Do but suppose yourself in my place,' replied the Admiral calmly, 'our subsistence is at stake. Our ribbons are all gone, I have not an *agatine* left. It is indeed true that we have some pieces of lace; but you prohibited me these resources.'

'Oh! Pieces of lace!' replied the Comptroller, in a gentle tone, 'Well, let me have them, and I abandon to you all the glory and all the profit that you can make of your peruke.' He had been a long time thinking of introducing lace amongst these people; but as he had no pattern to produce, he had not hitherto been able to bring that project to bear. The manufactures of this isle were by no means ready at invention; copying to perfection, and even with some degree of improvement, was the ultimate praise they deserved.

The Admiral accepted the proposition, and the imperial peruke appeared that day sennight[57] on the head of the monarch, who instantly founded a school, in which young people might be taught this art, that the demands of the public might be speedily satisfied. Of the public I say, for from this moment a gentleman was ashamed to go abroad with his face shaded with his own hair. This was going pretty far; but however the thing did not stop here.

We have before observed that this island had in its neighbourhood three potent states. Long wars had been more than once maintained against them, which had ended in treaties of peace not very favourable to their interests. Yet in all the vicissitudes of her affairs, one prerogative she had always maintained, which was that of prescribing their habits, and whatever related to dress.[58] The Emperor instantly sent away three perukes, that is to say three models, which was to regulate the head attire in all the three states, and the floodgates of the Treasury were set open for the Admiral, who having his mind once more at ease, resumed his speculations on the manners of the Frivolians.[59]

'There is not perhaps a people anywhere, of a more refined behaviour; it is', says he, 'astonishing in the space of so few years, they should have already surpassed the French. It might perhaps have been as well if they had kept precisely to the lessons given them by their masters; but in point of elegance, their imagination is so brisk, that it is not to be restrained.

'If you chance to enter a circle with a sprightly air, and in a dress perfectly in taste, you are instantly allowed to stand possessed of all the graces. The company till that moment found themselves in want of somewhat; and yet did not know that somewhat was you. At this rate, they quickly make you sensible that you are a master of many accomplishments, which you never conceived belonged to you before.

'The Frivolians, to honour you with their friendship, do not insist upon your having good, they only expect that you should have pleasing qualities. They will take it for granted that you are a man of honour; but first you must make it plain that you are a very pretty fellow. Have you any need of their services, ask them,

---

[57] Now archaic, a word meaning a period of a week (seven nights).

[58] See Montesquieu, *Lettres persanes*, letter C: '[The French] are willing to submit to the laws of a rival nation, provided that the French wigmakers decide as legislators on the form of foreign wigs' (*Œuvres complètes de Montesquieu*, 3 vols (London [Paris?]: Nourse, 1767) III, 199).

[59] French fashions circulated throughout Europe by various means (the press, travellers, correspondence), and were often adopted by foreign courts. 'Fashion dolls' were used abroad for the purposes of promotion, and the *Dictionnaire universel du commerce* by Jacques Savary des Bruslons, 4 vols (Amsterdam: Jansons, 1726–30), II (1726), 1211) describes these as follows: 'This term is used [...] more commonly for those figures, properly dressed and coiffed, either men or women, who are sent to foreign countries to instruct them of the fashions in vogue at the French court.'

they will beseech you to honour them with your commands, after which you will have the consolation to find them forever distracted that they have not been able to do you any good.' The Admiral placed great confidence in a certain protector of his, who had bestowed upon him abundance of fine words, and to whom he had recourse for something more substantial. 'Look you, this is all I can do for you', said the great man, pulling out a little pocket flask, which flask was full of a kind of distilled liquor, that might be styled court holy water of a very agreeable scent, but being lighter, presently resolves itself into the air. All the polite world pique themselves upon having it in their possession; but more especially the grandees, who are remarkably liberal of this, though they seldom part with anything else.

The great are not the same all the world over. A man who has a multitude of people at his *levee*,[60] and who never wishes any other man good morrow; who spends his mornings in looking over fine stuffs and rich toys; who by the multitude of his lustres doubles all the fine things that set off his apartments; who has a multitude of dogs and horses; who has what they call a grand-room, highly finished, in which he gives superb entertainments; and who is almost deafened with his own applause: such a one is styled great amongst the Frivolians, to whom the most profound respect must be paid, while bare civility will content others.

What we call *la politesse* is the very soul of the Frivolians: they would rather by half betray a friend than make him a lame compliment. A man truly polite has a hat which he never wears,[61] bows to the very ground, and if he speaks of her whom the law has made part of himself, never uses those uncouth monosyllables 'my wife'. If he has not all this about him, he may be agreeable, genteel, officious, complaisant, but he can never be styled polite. To deserve that appellation, he must be scrupulously nice[62] in the articles of titles. He must not barely say, in speaking of the Emperor, 'his Supreme Elegance opened the ball'; but he must be equally careful in observing that his Supreme Elegance happened to sneeze. There was a bold fellow once took into his head to say to a great minister 'you are a blockhead.' All the nation stood provoked at the indecency of the thing, for considering the person's quality to whom he spoke, he ought certainly to have said 'your Illustrious Splendour is a blockhead.'

In this country, they observe what is called decorum to the highest degree. A man in employment, who has plundered without mercy, is in high consideration;

---

[60] 'A reception of visitors on rising from bed; a morning assembly held by a prince or person of distinction' (*Oxford English Dictionary*).

[61] Although wearing a hat was considered to be acceptable, and uncovering one's head on meeting another person a mark of deference, it was fashionable to carry one's hat under the arm to avoid disturbing the powdered curls of wigs. This particular type of hat, meant to be compressed and carried under the arm, was known as a 'chapeau-bras'. This detail is absent from the original French.

[62] 'Precise or particular in matters of reputation or conduct' (*Oxford English Dictionary*).

if before his elevation he had taken a few *agatines* upon the road, the indecency had been severely punished. A distinguished beauty will forgive an impudent fellow any rudeness, rather than an indelicate expression in her presence. Her husband is not such a tyrant as to pretend to have any claim upon his wife's heart; but his impatience surpasses all bounds if her amusements are not perfectly decent. A little before the Admiral's arrival, they had just formed an establishment where such of the softer sex as were so disposed might part with their virtue, and yet preserve great decency.

Amongst the Frivolians, as well as in Europe, they talk very much of a thing called 'merit'. It is however a great chance if a man gets anything by it; but it is a clear case there, that it is infinitely better to be what they call 'well received'. Those that are so are not able to tell you how it happens, whether from the turn of their features, their behaviour in general, or from a kind of a lucky smile, that fits constantly dimpled on the face. Amongst these people that are well received, one perhaps has something taking[63] in his dress, another is a fortunate gamester, and a third maybe tells a story prettily. In this country they are not at all surprised to see a courtier disgraced for having something awkward about him.

Honour is far from being in the same situation with merit, to this all put in their claim, and you hear it everywhere, and upon every occasion. They do not tell you here that they have the 'pleasure', but they have the 'honour' to see you, to speak to you, to serve you, and to have the most profound respect for whatever are your titles. A young ward of quality has his tutors of honour, the tribunals are loaded with counsellors of honour, the hospitals have their directors of honour; and so many of the sex as have places at court are ladies of honour, of course. People of elevated professions would blush at the thoughts of being paid for the service they rendered the public; yet this proves no bar to their accepting large honorary rewards. But the nobility has a kind of peculiar and exclusive right to honour: a noble Frivolian, who has only the misfortune to be an exceeding bad husband, a very indifferent father, a useless member of society, frequently calls his honour to mind and recommends it to his son. That son, out of a dutiful regard to his father, is exceedingly careful to lay no stress upon any engagement, how solemn soever, except his word of honour, pays none but debts of honour, and if ever he draws his sword and sheds blood, it is a point of honour. The women have a kind of honour to themselves: they are thought to be so correct in preserving it, that for the sake of safety, their husband's honour has been put into their hands; but ladies of very high quality commonly desire to be excused, on account of their being subject to vapours, flutters, distraction; and then how can they answer for what they do?

Honour is essential to them of the blade. All general officers are furnished from court, or from the capital at least, and for that reason particular care is taken in

---

[63] In the sense of 'fetching'.

their education. A young Lord who is designed for a command in the army ought to have the genteelest tailor, the ablest perfumer, the gaudiest equipage, the finest livery; he ought to play deep, dance often, and in public, be present at every diversion, and as a mark of genius, give some new turn to the uniform of the first troop to which he is presented.

This elegance of manners is not barely diffused through the fashionable world, but has penetrated likewise through the whole mass of the people. A tradesman views his goods with a genteel air, and makes you pay through the nose with the best grace in the world. The artisan polishes himself as well as the toys in which he deals. The domestic need not be told that you take him less for service than for show; he will express his sense of it in the manner of dressing his hair, and will make such an appearance that if from behind he should accidentally slide into the chariot, the mistake would not be easily perceived. It requires a correct remembrance of faces to distinguish all times between my lady and my lady's woman. The arts of pleasing, dancing, music, and exterior ornaments have made their way through all ranks; and after all the very mob want nothing to set them on a level with the men of mode, but to be able to say in a high tone, my fellows, my seat, my estates, my ancestors.

The Frivolians have carried their elegance of manners even to the bosom of religion. Good company sometimes visit the temple, to pass away the time. They employ themselves there in complimenting, nodding, criticizing upon the people's faces and clothes, to the very moment that the preacher begins his discourse. Parson Walter would often say that he went thither to amuse both his eyes and his ears. The preacher commonly prefaced his discourse with a compliment to the high priest of the capital, and next paid his respects to the assembly. He then makes a smooth oration in praise of certain delicate virtues, which may be acquired almost without trouble. The object of their adoration is the Sun; they would likewise be thought to love him, but the manner of doing this has embarrassed them not a little. For whether he ought to be the object of their affection, because he gives them warmth and light, or because heat and splendour are inherent in himself, has been a point already in dispute above one hundred years, and will be probably disputed for a hundred years to come.[64]

They have proscribed polygamy in this country, because there is but one Sun and one Moon; but husbands take pains for all that to be agreeable to several women, and wives would have but a bad time of it if they should resent such a behaviour. One capital point in their religion is to condemn all others. However,

[64] This passage evokes the multiple debates around the notion of 'grace', a point of contention between the Catholics and Protestants at the time of the Reformation, and on which the Jansenists held a position deemed heterodox. Coyer was educated by the Jesuits and entered the order, but left it in 1739. Several philosophers, particularly Voltaire, often mocked ecclesiastical quarrels, which they perceived as frivolous arguments.

Mr Richard Walter, whom we have so often mentioned, was seized even here with a desire of making converts. He made an attempt upon a celebrated beauty of the court, who was now and then troubled with caprices of virtue, and who, with a smattering of philosophy, set off with an agreeable manner of speaking, attracted the respect of some of the brightest circles in the capital. He had two obstacles to overcome. One was to disabuse her as to the divinity of the Sun, in which he had the good luck to succeed. The other was to detach her from ten lovers, to whom she had hitherto maintained the strictest fidelity. He got over that too. He thought himself now in a manner sure. 'To make you completely happy, Madam,' said he, 'throw aside that *zirphos*,[65] which is now the useless badge of error.' This was the image of the Sun, which had been originally worn as an ensign of religion, but which the humour of the nation had long ago converted into an unmeaning ornament. 'What do you mean, wretch,' cried his fair pupil in a transport of rage, 'part with my *zirphos*, the most attractive article in my dress! I will first part with my existence.' From that moment, all hopes were lost, and the doctor found himself totally defeated.

In reference to their conversation, it is to the full as elegant as their manners. It resembles in every respect their magazines of fashions. It is a sort of tinsel embroidery upon a very slight stuff, a fringe of equivocations, a string of questions that require no answers, a concatenation of jokes, at which everybody laughs of course, without being able to tell what they laughed at.

'I could not help myself', says the Admiral smiling, 'sometimes at the pretty light airy turns in their discourse, which are the mere effects of their understandings, dancing always upon the surface of things.

'If the manners of the Frivolians are so elegant, Nature', says he, 'has given them sensations different from those of other men. Beauty has everywhere its rights, but at Witsburgh it has absolutely turned their heads. It is a comet they are continually observing, never desist from pursuing its motions, endeavour as far as in them lies to intercept its force; in short, they look at nothing else, and have nothing else to employ their talk.'

There is a kind of little seats at court very inconvenient, but very much in vogue; and some great marriages have been broken off, because truly they would not entitle the lady to a stool.[66]

---

[65] *Zirphos* seems to be a word invented by Coyer. It could possibly be a combination of zircon (the mineral) and *phos*, meaning 'light' in Greek.

[66] Stools and folding seats were part of the furniture at the Court of Versailles, and their use was based on hierarchical codes of distinction. In the article 'Cérémonies' in his *Questions sur l'Encyclopédie*, Voltaire wrote: 'The armchair, the back-chair, the stool, the right hand and the left hand, were for several centuries important objects of politics, and illustrious subjects of quarrels' (*Œuvres complètes de Voltaire*, 39 (2008), 557).

They are better pleased with the appearance of wealth than with the possession of wealth. After turning out an empty purse, to convince an intimate friend of their inability to lend a trifling sum, they show him by way of amusement some useless bauble that perhaps has cost them ten times as much.

You never hear them enquire whether the year is like to be fruitful, whether trade flourishes, how new magistrates behave, or what schemes the ministry pursue for the public good. But they are very importunate to know whether the chimney-piece in fashion this winter be ornamented with glass or china, and the most vehement transports of passion are expressed about concerts, operas, and masquerades. In fine, rich furniture affords them a paradise, business is the hell they would avoid, and public diversions is all the heaven they ever desire to see.

The whole city blazes for a victory by which the nation is undone, but not a soul expresses concern about what becomes of a law upon which the public safety depends. They are passionately fond of their monarch, and yet their admiration surpasses their love. They stun you with the number of his guards, his officers, his equipages, his castles, his crown jewels, yet of a thousand beneficent actions that he has done, you hear not a word. If you tell them that there are wiser courts, that ministers elsewhere are greater politicians than their own, they will hear you very coolly; but should you hint that there is a more splendid monarch upon the Earth, Bilbao is the word and slaughter must ensue.[67] You never hear any man pretend that he has served, or is ready to serve the public; but nothing is more common than to hear people professing their readiness to lay their lives, their fortunes, their existence at the Emperor's feet. A citizen who should seriously say that he esteemed it glorious to die in his country's cause would only provoke a loud laugh.

Ridicule is their supreme and darling amusement. An ambassador arrived from a neighbouring nation, one of those to whom the perukes were sent. He signified to the Frivolians that they must renounce a certain considerable branch of their commerce or resolve upon a war. It happened very luckily for him, and for the nation who sent him, that his nose was about a foot long, and his peruke frightfully made. They were struck with these double objects of ridicule; they talked of them much, they laughed at them more, and in this fit of good humour, they sent him away perfectly satisfied.

Sometimes their sensations are so strong, that they are injurious to the public tranquillity; of this, the Admiral was an eyewitness. A priest of the Sun was charged with seducing a virgin by the assistance of the black art. It was not believed by one half, it was absolutely believed by the other half of the people. Everybody was either on this side or on that. One would have imagined from the

---

[67] The original French used the word 'court' and not 'monarch' here, nor is the name Bilbao mentioned. The Catholic monarch Philip III of Spain awarded Bilbao the title of 'very noble and loyal'. Presumably, the translator refers to the loyalty of the people to their king.

uproar that the very being of the State had depended either upon the girl's virginity or the continence of the priest.[68] A little after, an actress, who was very much admired, suddenly disappeared. The whole city was in a convulsion, the men swore they would quit their respective employments, the women would never look their husbands in the face, until they saw her on the stage again. The best of it is that there is no great danger of a revolution in such cases. A new entertainment introduced apropos, or even a new song shall restore the public peace.[69]

When we are once acquainted with the sensation and manners of the Frivolians, we shall be the less surprised at some very strange customs that prevail amongst them. One of these is to be excessively loving upon New Year's Day. Every creature is then in motion, the most extravagant compliments, the kindest expressions of friendship are made to every person they meet; and as if these had not only sound but meaning, they are generally accompanied with presents. If this humour could but be converted into a habit, there would be more trade in this city than in all the universe besides.[70]

It is no uncustomary thing for a woman upon her wedding day to suspend her whole fortune on her neck and ears; or for the husband to sell his estate to furnish his house magnificently.

In the outer rooms of a great house, or behind the coach, you may find the likeliest young fellows in the whole island, lazily lounging out their lives, and at the same time eating up their masters. The provinces in the meantime regret the loss of two hundred thousand able-bodied men, who would be still a greater burden if sent down again, with all their town vices about them.

There are many of the nobility and gentry in very indifferent circumstances; it is a point of honour that they should remain so. Trade might raise them into a

---

[68] Father Jean-Baptiste Girard, a Jesuit, was accused by Catherine Cadière of seduction, spiritual incest, magic, and witchcraft. Father Girard was universally acquitted, but popular anger drove him to flee to the city of Lyon. The trial, conducted in the parliament of Aix, was famous throughout Europe. The Marquis d'Argens, in his *Thérèse philosophe, ou mémoires pour servir à l'histoire du Père Dirrag et de Mademoiselle Éradice* (1748), imagined the true motives and the many details of this famous story.

[69] The French have been known for their frivolousness since Caesar's *Gallic War*, which already associated their taste for new fashions with the political instability that reigned in the province. Taking his inspiration from Juvenal's phrase *panem et circenses*, that is, 'bread and games', referring to superficial satisfaction of the people, La Bruyère wrote that, rather, 'it is a sure and ancient policy in the republics to let the people sleep in festivities, in shows, in luxury, in pomp, in pleasures, in vanity and softness; to let them fill themselves with emptiness and savour triviality: what great steps are not taken in despotism through this indulgence!' (*Caractères*, 'Du Souverain et de la République', IV). This strategy was not, however, seen as being exclusive to the republic, as Louis-Sébastien Mercier would later testify, quoting Rétif de la Bretonne: 'It was part of the plan of the Court of Versailles to increasingly frivolize the Parisian through fashions, balls and children's shows.' *Néologie* (Paris: 1801), I, 285.

[70] It was a common custom in early modern times to give gifts on New Year's Day. These often consisted of 'novelties': trinkets, almanacs, and other trifles.

better condition, but trade it seems would debase them. As if independency was not the only kind of nobility, according to the dictates of reason and laws of Nature.[71]

The country swarms with judges. When a person aspires to that dignity, it is understood that he passes a strict examination. The first question asked him is: how many *agatines* he has in his purse? If he can but answer this pertinently, he needs to give himself very little trouble about the rest. Another strange practice is that the same cause runs through several courts, so that one decision must be had after another. A man therefore ought to go to law young, if he means to see the end of his suit. 'I was', says the Admiral in his memoirs, 'under infinite concern for an unhappy man who carried his cause.' The suit was for a pretty little estate, which however, when it came to be sold would not pay the lawyer his bill. It is indeed true that the writings in the course of the cause would have completely covered the land, and it is a point settled that a square foot of writing is of much more value than a square foot of soil. The fortune of an individual sometimes shall depend upon the colour of the paper that contains his title; if that is not lily-white, all the covenants therein are not worth a rush.

In this island, there are more priests of the Sun than there are merchants on the exchange of London. The greatest part of these are young, that they may not fright the laity when they come to receive their good counsels. The duties of these holy people are comprehended within a narrow compass. They must keep strictly to the dress prescribed, and wear their hair in a particular manner, chant their hymns to the Sun at settled hours, and above all, they must adhere to their vow, that even the liveliest woman is not amiable. As to other things, they may follow the bent of their inclinations.

There are some amongst these holy people environed with all the splendour that riches can purchase or bestow: yet it is supposed that they place no value on these things, but keep them purely from an apprehension that they might fall into contempt with the vulgar, if they did not decorate their virtues. They reckon that there are above two thousand temples, a prodigious number of altars in each, and every one of these is loaded with little ornaments. It is however no uncommon sight to behold the high altar of the Sun abandoned, while those dedicated to planets and constellations are crowded with devotees.

It is much to be regretted that the Admiral was not able to spend more time in this island, since we might then have been in possession of a more distinct account of this extraordinary nation. All the necessary repairs of the squadron

---

[71] Unlike in England, members of the French nobility, who had to devote themselves to military service, were forbidden to trade on pain of losing their titles, and the question of relaxing these rules was regularly debated in France. The debate was revived with the publication of Coyer's *Noblesse commerçante* in 1756, which provoked a major literary quarrel. The last sentence of the paragraph is not in the original French.

were finished, the vessels thoroughly careened, the new tender launched, and all the provisions on board. They waited only for a fair wind in order to sail. The Admiral, during his long and terrible navigation, had taken abundance of pains to keep up the spirit of his people; those significant phrases, 'our dear country', 'invaluable liberty', 'the glory of Old England', and 'immortal reputation', in consequence of their being continually thundered in their ears, had by degrees found a passage into their hearts. There was not so much as a soldier or a sailor aboard, who did not think his actions might become the subject of a parliamentary enquiry, or who made the smallest doubt that the eyes of all the people of Great Britain were fixed upon his conduct.

Such was the frame of their minds at the time that they set foot in this island; but their intercourse with so lively a nation, and it may be the nature of the aliments upon which they had so long subsisted, had made very considerable changes in their constitutions. They had no longer any inclination to go in search of dangers and enemies, to spend their days in labour and pain, or to set no value upon their lives; on the contrary, they began to laugh with the Frivolians at all those masculine virtues, which found, augment, and perpetuate free states.

The Admiral was but too thoroughly convinced of this, and therefore pressed the embarkation as much as was in his power. At length, he obtained his audience of leave. The Emperor, however, would by no means consent to his departure, but upon condition that he should leave behind him four of his crew, at the choice of his Supreme Elegance. The Admiral trembled, though without cause, for we are apt to fear for what we wish to preserve. He was under a terror that this choice should fall upon his captains or pilots; but he was quickly released from these disagreeable sensations. His Supreme Elegance cast his eyes upon the three barbers, the great artificers of perukes and of locks of every sort. The fourth was a soldier, who had a mechanical turn, and who had bid fair for immortality by the invention of a summer equipage, in which several pairs of bellows were so dextrously inserted as by the very motion of the machine, to furnish the breath of zephyrs even in the sultriest seasons.

It is not in anybody's power to command a wind, for which as the squadron was obliged to wait, and as the crew were not any longer employed in necessary labours, they were permitted to stroll about the country in the vicinity of the capital. Some of the sailors had taken it into their heads to scale a ridge of mountains, on the summit of which the earth was burnt to powder, without trees, without herbs; but in the dust of which were plentifully scattered a kind of crystalline stones and marcasites,[72] in which veins of gold were very conspicuous. As soon as the Admiral was apprised of this, he went thither with those about him who were skilled in mines. He examined thoroughly the texture, quality and

---

[72] Marcasite was considered to be found in proximity to veins of metal such as gold and copper.

produce of these marcasites, for which purpose he caused them to be dug up in several places; and having taken the position on the ground precisely, he returned to the squadron.

Extreme joy diffused itself through all his people, their imaginations were already at the bottom of the mine. They computed what immense treasures it contained, and the time necessary to draw them out of the bowels of the Earth. We cannot tell, said they, how long we may be detained here, nay who knows whether we shall quit this delicious isle at all? But if we leave it, let us not leave it without carrying off the riches that are our own, in right of discovery, and which we are sure the islanders will never dispute, because they have no idea of their value. The notions of the Admiral upon this subject were of a quite different kind. He imposed the strictest silence with respect to the mine. It was upon this occasion that he swore his company never to speak of this singular island; and at the same time, he gave out orders that no man should quit this ship upon pain of death.

All the delights of this charming island never struck the minds of his jolly sailors in so affecting a manner, as at this instant. The consternation was general, the signs of grief and care were not so apparent in their faces even in times of greatest danger. So much less terrible is a storm at sea than the tempest of the mind! But the Admiral, exclusive of the power vested in him by his command, had that natural, that divine authority, that springs from superior virtue; and while sympathetic grief would have melted the soul of almost any other man, he was pleasing himself with the hopes that when they were once at sea, he should be able to dissipate these effeminate dreams, and restore their primitive vigour. The next morning, it blew a smart gale from the west, the squadron immediately weighed, and stood away to the South Seas, to plunder Paita,[73] a rich town in Peru where the Spaniards were in the deepest security. The rest of his immortal exploits are to be found in the history of his voyage and make no part of my subject.

But I must ask leave to suggest a few hasty reflections. A fit of patriotism has seized me: it is natural enough after having talked so long of the British genius. Admiral Anson has discovered a country in a fine climate, a nation easily subdued, and mines of gold. He has enjoined silence upon oath, he has made it a secret of State. Can we doubt that sometime or other he means a conquest? And why should not we attempt it? Shall we always leave it to the maritime powers to discover and to subdue? Are we not maritime powers ourselves, since we have the Mediterranean on one side, and the ocean on the other? Let us then for once

---

[73] Paita is a city located in the north of Peru. It was founded by the Spaniards in 1532 under the name of San Francisco de Payta de Buena Esperanza. Once the capital of the region, it was so frequently attacked by English privateers that the Spaniards had to move the administration further inland to Piura.

J. Mason, 'The burning of the town of Payta', *A Voyage round the world*. Bibliothèque nationale de France, Gallica.

prevent the English, or if in point of conscience we are scrupulous of making ourselves masters, let us at least establish a lawful and advantageous commerce with Frivoland. The Admiral fairly acknowledges that notwithstanding their rage of luxury, the people are not yet got to that height of taste which prevails in London; and yet, what is the taste of London, in comparison of the enchantments of Paris? What eagerness would the Frivolians express for our tapestries of the Gobelins,[74] the varnishes of Martin,[75] our enamelled toys,[76] our damask sword blades,[77] our rich stuffs of Lyons,[78] and all those innumerable materials for finery, which distinguish our men, and which give an incomparable value to our women? Are we not inventors and manufacturers of fopperies[79] for Europe? How do we know that our romances, our comedies and our operas, that multiply here with such success, may not prove a profitable branch of commerce there? However, don't let both sexes be frightened at such a proposal. We will carry these Americans[80] only the superfluity of our superfluities, and bring back in exchange their gold, which they can very well spare.

Finis.

---

[74] Gobelin was the name of a family of dyers who established a factory that was taken over by the Crown in 1662. The business employed upholsterers, embroiderers, bronze-makers, and cabinet-makers, who produced objects exclusively for the royal palaces or as royal gifts. Due to financial difficulties the factory closed in 1694. It reopened again in 1699, but only to produce tapestries. The tapestry workshops were famous, and the painter Le Brun was the director from 1662 to 1690.

[75] Around 1730, the Martin brothers developed an imitation of Chinese and Japanese lacquers, a process that was cheaper, and easier to apply to curved pieces. It was a huge success, and everything was varnished: carriages, furniture, panelling, boxes, fans, etc.

[76] The enamelling process, which consists of covering a metal or ceramic base with a layer of vitrified and coloured paste, has been known since antiquity, but was particularly developed in Limoges from the twelfth century onwards. In the eighteenth century, small enamelled objects such as snuffboxes, watches, boxes, etc., became fashionable.

[77] Originally developed in the Syrian city of Damascus, damascening consists of a fine inlay of gold or silver threads in a metal object. The process was particularly used for swords, in which the moiré effect resulting from the fusion of the damascening was a feature of 'Syrian blades' of renowned quality.

[78] Lyon has been famous since the Renaissance for the manufacture of silk, and in particular for its patterned or decorated fabrics. The introduction of technical innovations in the weaving process, which allowed seasonal changes in patterns, favoured the development of 'fashion', and Lyonnais textiles were much prized by the high-end European market.

[79] According to Samuel Johnson's *Dictionary of the English Language*, a foppery is a 'folly, an impertinence, an affectation of show or importance', or a 'vain or idle practice'.

[80] The idea seems paradoxical in the light of opinion circulating at the time on the 'state of nature' and 'noble savages'. Rousseau would publish his *Discours sur l'origine des inégalités parmi les hommes* in 1755, but since the Montaigne's chapter on cannibals in his *Essais*, the 'Americans', or, rather, European perceptions of them, had served to illustrate the debate about nature versus culture.

BIBLIOGRAPHY

ADAMS, LEONARD, *Coyer and the Enlightenment*, Studies on Voltaire and the Eighteenth Century, CXXIII (Oxford: Voltaire Foundation, 1974).

——, 'Anson in Frivola: an exercise in social criticism: Coyer's *Découverte de l'île Frivole* (1751)', Studies on Voltaire and the Eighteenth Century, CXCI (Oxford: Voltaire Foundation, 1980), 851–58.

CHARLES, LOÏC, FRÉDÉRIC LEFEBVRE and CHRISTINE THÉRÉ, eds, *Le Cercle de Vincent de Gournay, savoirs économiques et pratiques administratives en France au milieu du XVIIIᵉ siècle* (Paris: Centre national d'études démographiques, 2011).

CHEMINADE, CHRISTIAN, 'Une prédication républicaine au milieu du siècle : Les *Bagatelles morales* de l'abbé Coyer', *Dix-huitième siècle*, 27 (1995), 365–80.

——, 'L'abbé Coyer et l'*Essai sur la prédication* (1781), ou une réconciliation du christianisme et de la philosophie', *Dix-huitième siècle*, 34 (2002), 325–31.

COYER, XAVIER, entry 'Coyer', *Dictionnaire des journalistes*, <https://dictionnaire-journalistes.gazettes18e.fr/journaliste/204-gabriel-coyer> [accessed 23 April 2022].

DESLANDRES, PAUL, 'Un humoriste oublié, l'abbé Coyer', *Académie des Sciences, Belles-Lettres et Arts de Besançon*, 171.1 (1931–32), 203–22.

ELSOFFER-KAMINS, LOUISE, 'Un imitateur original de Jonathan Swift: l'abbé Coyer et ses *Bagatelles morales* (1754)', *Revue de littérature comparée*, 23 (1949), 469–81.

'Essai sur la vie et les ouvrages de M. l'abbé Coyer' in Gabriel-François Coyer, *Œuvres complètes*, 7 vols (Paris: Veuve Duchesne, 1782–83), I (1782), pp. i–viii.

GORDON, L. S., 'Gabriel-François Coyer et son œuvre en Russie', *Revue des études slaves*, 42 (1963), 67–82.

HECHT, JACQUES, 'Un problème de population active au XVIIIᵉ siècle en France. La querelle de la noblesse commerçante', *Population*, 19.2 (1954), 267–90.

KAPLAN, JANE PAYNE, 'On the margin of philosophy: the abbé Coyer in the French Enlightenment' (unpublished doctoral thesis, Louisiana State University, 1970).

MALBRANQUE, BENOÎT, 'Ayn Rand au XVIIIᵉ siècle: F.-G. Coyer et le roman économique', *Laissons Faire*, 1 (June 2013), <https://www.institutcoppet.org/g-f-coyer-le-ayn-rand-du-siecle-des-lumieres/> [accessed 23 April 2022].

SKORNICKI, ARNAULT, *L'Économiste, la cour et la patrie* (Paris: CNRS Éditions, 2011).

SUTCLIFFE, F. E., 'The abbé Coyer and the chevalier d'Arc', *Bulletin of the John Rylands Library*, 56.1 (1982), 235–45.